曲利明 编著

# 山居邻里

同在地球上生活，一个村里居住，一个山中做邻里，
是缘分，是天意，是注定。
生命的长与短，都是匆匆过客。

曲利明

海峡出版发行集团 THE STRAITS PUBLISHING & DISTRIBUTING GROUP | 海峡书局

图书在版编目（CIP）数据

山居邻里 / 曲利明著. — 福州：海峡书局，2022.4
ISBN 978-7-5567-0939-7

Ⅰ. ①山… Ⅱ. ①曲… Ⅲ. ①散文集－中国－当代 Ⅳ. ①I267

中国版本图书馆CIP数据核字(2022)第031351号

出 版 人：林 彬
策　　划：李长青
编　　著：曲利明
插　　画：李 晔
责任编辑：廖飞琴　林洁如　陈 婧　陈洁蕾　邓凌艳
校　　对：卢佳颖
装帧设计：李 晔　林晓莉　董玲芝　黄舒堉

shānjū línlǐ
山居邻里

出版发行：海峡书局
地　址：福州市台江区白马中路15号
邮　编：350001
印　刷：雅昌文化（集团）有限公司
开　本：889毫米×1194毫米　1/16
印　张：12.875
图　文：206码
版　次：2022年4月第1版
印　次：2022年4月第1次印刷
书　号：ISBN 978-7-5567-0939-7
定　价：78.00元

红嘴蓝鹊
红头长尾山雀
红嘴相思鸟
灰喉山椒鸟
戴胜
绿翅短脚鹎
红尾水鸲
画眉

凤头鹰

灰喉山椒鸟

灰喉山椒鸟

白鹡鸰

麻雀

珠颈斑鸠

栗背短脚鹎

灰胸竹鸡

# 山里的那些邻里们（水彩画）

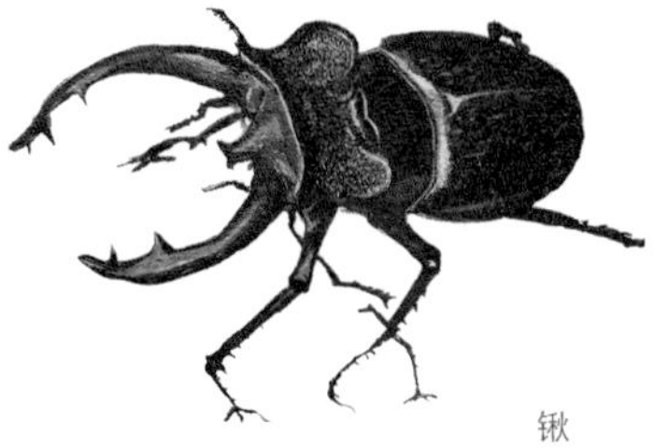

锹甲

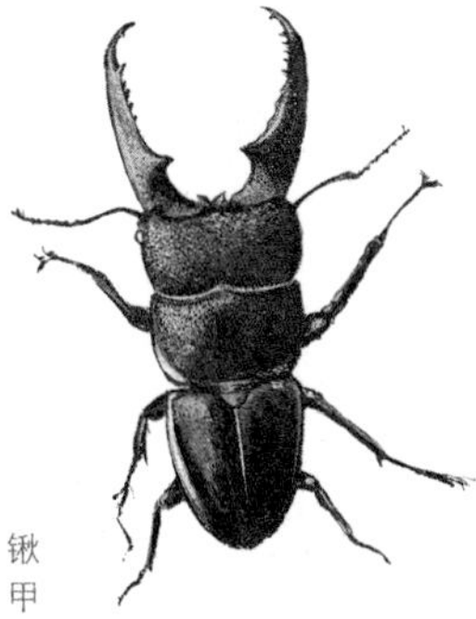

锹甲

大树蛙

丽棘蜥

白胸翡翠

红尾伯劳

红耳鹎

北红尾鸲

铜蜓蜥

牛背鹭

鹰鹃

环项伏翼

鹊鸲

黄毛鼠

蛇雕

大山雀

池鹭

# 山居邻里

我称动物、植物为“邻里”，以与人的“邻居”区分。

既然是邻里，就以人相待，按照人的方式、思维对话、理解、相处。动物与动物、植物与植物相互都无法交流，大家都生活在地球的家庭里，春夏秋冬，年复一年，生生不息地繁衍下去。生活在山居里的动物、植物，各自有属于自己的语言，无法与人直接交流，但丝毫不影响各自的生存法则。

在这个大家庭里，人类是最高级的动物，创造了文明，可延续发扬光大。但人与邻里一样，都不可能永生。既然同在地球上生活，同在一个村里、一座山中做邻里，那就是缘分，是注定，是天意。无论生命的长与短，都是匆匆过客。

万物皆有灵，同居在山中，让我有更多的机会向周围的“同伴”们学习，尊重这里的所有生命，敬畏这里的自然环境，我以谦虚及尊重的心，向渺小的蚂蚁学习它们的团结、合作精神；向蜂类学习它们勤奋、协同力量；向蜘蛛学习捕猎、织网高超技能；向蝴蝶学习身体上的丰富色彩，给我们提供多彩的美学知识；向青竹学习谦虚、正直的品格；向小草学习“给点土壤、阳光就灿烂无比”的乐观。同时也会看到，在短暂的一生中，它们为生存而展现的另一面：常为一粒米、一片菜叶，也可能是同伴的尸体，相互争斗、伪装、构陷、抢夺、厮杀，欺软怕硬，弱肉强食；远处的树木，近处的花草，急着抢占高地，争得阳光滋养，全然不顾弱势群体。这一幕幕的实景，像一面镜子，将人类的本性照实——我们与邻里如此相似。

其实，我在看着它们，它们是否也在看着我？

我知道邻里有它们的平衡法则，由它们自行了断。不过我还是倾向自然中那份淡定、从容、安静。消除心中的繁杂、浮躁，静心了解、关心、爱护、保护、尊敬人类共同的朋友，毕竟在一起的生命时间有限，相逢便是缘。

我想认识它们，更想知道它们知道些什么。山居的鸟儿、蝴蝶、蜻蜓、鸣蝉、蜘蛛、蛇、鼠、蝙蝠、蜥蜴、蛙、松鼠、蚂蚁、甲虫、植物等，它们叫什么，语言是什么，我都不懂，我只做倾听者，按照生命的密码去观察，将心得、启迪与警示，敬畏与尊重，和平与共的肤浅认知结集成册。

山居岁月，和谐并快乐。

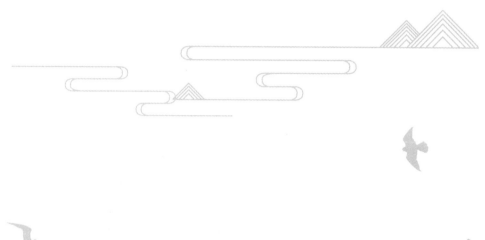

# 目录

白话+摄影+绘画+动物+植物+胡思乱想

## 冬留夏催的春天

冬不愿退出，
夏不时催促，
春光明媚时光短暂，
时冷时热如同过山车。

青草丛里，总是有一些让人垂涎三尺的野果出现（蓬蘽）

# 冬留夏催的春天

春天，催醒了还在沉睡的爬山虎，墙上灰褐色枯藤发出了深红色的嫩芽，在窗前垂吊着，随风飘荡，格外抢眼。

过了大寒，意味着冬季到了尾声。但福州，这座沿海城市，并没有按照日历来划分四季，从秋季到冬季，缓慢过渡。有时春天还在冬天的气温里，小雨夹着低温，有钻心刺骨的滋味，“倒春寒”时常出现。植物乱了开花发芽的时间，刚冒出来又被寒潮冻掉了嫩芽。动物算错了冬眠日期，提前冒头出土被活活冻死。生死在天，富贵在命，万物皆如此。

春天，山里动物邻里们，正从泥土中、石缝里、树梢上、犄角旮旯悄然入场，搅动着春天的时光。花儿快速地绽放，草儿急促地冒出嫩芽，不同的树木按部就班地出芽成叶。弱小的植物提前冒出；高大的树木稍晚入场，不与弱势者争高低，突显高风亮节。昆虫更是迫不及待寻找食物，补充冬眠中失去的能量。

动物的活动，给大地带来动感；万物的复苏，给森林增添了无限的妩媚与生机。

二月依旧寒冷，期待三月的来临，开始了对邻里们的学习与了解。

壹·杜鹃花

贰·春天的露珠，在叶尖上短暂的定格

叁·山居寂静的一角，也有春天的气息

肆·生命，总是在不经意间给我们震撼和惊喜

伍·蜜蜂的甜蜜事业

陆·鸢尾，躲藏在阴暗处绽放

柒·蒲公英——杂草丛中一点艳

捌·随意出场，都有惊人的表现

壹

贰

肆

伍

柒

捌

# 因竹而得名的村子

江南竹，加一个“村”字，就是山居的村名，江南竹村，一个富有诗意的名字。至今我还没问过村民，这个村名的来历，但村里的竹子特别多，满山遍野，品种也不少，是个不争的事实。

村里有一座千年的古墓，黄干（榦）墓，少年师从朱熹，是朱熹四大弟子之一，后成为朱熹的女婿。说明这个村与文化人有千丝万缕的关系。村里与文化名人有染，取个富有诗意的名，也不为过。

村子离市中心三十公里左右，居室建在村里的一座山顶上，海拔近五百米，比城里温度低三五度，夏季可以不开空调入睡，冬季很少有到零下的气温。山上空气新鲜，视野开阔，绿树成荫，动物、植物相对平衡。

二十世纪末，城里人想进山当“农民”，村里人想进城当“居民”。我到村里找块地建了房，并直接入户。农民大多在郊区找块地，盖上几层农村式“洋房”。那年代城市还没扩张到郊区，还是农村的模样，但比江南竹村好得多，不在山上，离城市中心地带近在咫尺，与市民距离拉近，不看户口，也分不出“居民”与“农民”。

农村盖房也不懂什么框架结构还是半框架结构，地基挖到实土，填上一圈石头，再开始钢筋水泥加砖头的组合。师傅与房东在地上拿一根棍子，划出个大概模样，就开始楼房建设，层层地往上加盖，简单实用。钢筋加水泥，通常老百姓了解的洋房不过如此。

在城市边缘，能听见汽车声，夜晚的喧闹声，吸着尘埃，闻到汽车尾气，拧开龙头就有水，就是城市的味道，算是初步告别了祖辈在寂静大山里的生活，远离了早上闻鸡鸣、晚上听狗叫的乡村。一脚跨进了城市大门，终于成了城里人，那个舒坦，成就感，是要烧香磕头拜祖宗，是一件光宗耀祖做梦都想的大事。许多没有到城市的农民，如今水泥房都要盖在马路边，听到汽车的轰鸣声，睡觉都踏实，这条路就是通往繁华的都市。

城里人，想着法子到山村去找块地，向往着陶渊明描述的世外桃源，向往“日出而作，日落而息”的田园生活。鸡叫，狗吠，鸟鸣声。吃上自己种的农家菜，享受着不花钱的天然氧吧，远离了城市的喧嚣与污浊空气，逃脱了含有慢性“毒药”的食品。城里人终于明白一个道理，拼到最后是身体。人的一辈子，阳光、空气、水缺一不可，江南竹村不仅达到了人类生存的基本条件，比起城里的居住环境，算得上是“人间天堂”。

围城，山里人向往城里人的生活，城里人想着大山里的日子，农民与市民发生了观念上的改变，各自理想的生活情景截然不同，只要心里舒坦，就是神仙过的日子。

村里有大小不一、高低不同的各种竹子。常见的毛竹布满多个山头，随处可见，每个村民的自留山都有种植。这种不用管理，常年有收益，既可食用，又可制作众多生产工具、生活用品的植物，也是传统农耕文化的重要组成部分。在中国江南一带山村较为普遍，在闽西北的山区，更是将山竹作为重要的经济来源之一。

我居住的山上，对面坡下就有一片的毛竹，选地址时也没注意，只是找了一处能登高望远，早上起来就能享受温暖的阳光，在窗前架起相机，就能拍摄到“鸡蛋黄”的太阳。还能看见一天的气象变化，一年四季的风云变幻。两层楼房，处在村里的最高点，常年处在云雾缥缈中，虽不见“神仙”出没，但也有仙境般的灵气。

建房时，从山顶上挖出一块空地，除了房屋的基地是实土，屋前都是山上挖下的虚土掩埋，大片的黄土需要绿色植被点缀，最快的方法是村里的竹子，生命力强，根系发达，容易存活，几年之内估计就能绿色成荫，覆盖住挖山填埋的新土地。

在村里挑选了三棵不同品种的竹子栽种，家门口一棵又高又大，根系不会乱伸乱长，孤零零在荒土一角种下。此事还被村民嘲笑过。当年酿酒，一只老鼠偷酒喝掉入坛里，酒是喝够了，喝到醉，醉到死，浪费了我一坛好酒，只好倒入这棵竹下，老鼠与酒一同葬入。喝醉酒的竹子开始疯长，不知是老鼠滋补，还是酒劲雄起，一发不可收拾，如今百根竹子抱团，每年换新去旧无数，耸立挺拔，挡住了夏天西日的曝晒，屋内气温降了许多。

这棵竹子，出笋是在夏末秋初，比其他竹笋出来都要晚，此笋苦味很重，但村民说这个笋吃了很凉，胃寒的人不能吃。我体质偏热性，加上这个季节除了干笋，也没有其他竹笋可吃，采集来剥皮去头水煮，各种炒、爆、熘、焖、煮都行，去除了苦味，与其他竹笋也没多大的区别。

“宁可食无肉，不可居无竹。”苏轼的名句，在这竹子多如牛毛的村里，将竹子当高雅来赞美，有点矫情。我也不是为了脱俗种上竹子，只因光秃秃的山顶，需要一棵高大又茂盛的植物来挡住夏天烈日而已。如今已经长成了竹林，每年都会爆发出无数新竹，成不了器就地自然消亡，新老交替，从不间断，延续着江南竹村的盛名。

在上坡路边上的一排竹子，是另一个品种。不大，可以当晒衣服的竹竿用，每年九、十月份生长。拥挤的竹林不时被台风吹得东倒西歪，杂乱不堪。坡上的虚土已经被竹根牢牢地稳固住，每年还得清除部分多余的枝叶，用于柴灶，成了最佳燃料，只要晒干，一点就着，烧得特别旺，优于其他的木柴。平时种瓜、果、藤之类的蔬菜，要支撑搭建也用得上。年年种新菜，年年砍新竹，取之不尽，用之不绝。

山上的毛竹笋个头很大，但好看不好吃，有苦涩味，要用清水煮上几遍方可食用。可能是受山里土质、气候、环境的影响，“一方水土养一方人”，竹子也有自己的个性，充分显示自身的特色，与众不同。

相比闽北的竹笋，马路边小吃店，家家都用腌菜煮竹笋，放上几根猪骨头，烧上一锅，客人随点随上，吃上一大碗，过瘾得很，可称得上是山中美食，山珍极品。

最让人头痛的竹子，是村民叫“甜竹”的一种。这种竹子生长快，根系发达。原山坡处有块大面积的虚土，要尽快地加固，黄土下面是喝水的源头，雨季一到，泥土变成污水流进了井内，污浊不清。要想尽快解决此难题，甜竹治理是最佳选择。几年不到，甜竹不辱使命，不负众望，发展迅速，源头水质有所改善，虚土得以加固，但恶果突显严重。

甜竹长在春季，是这里最好吃的竹笋，个头不大，吃起来甘甜、清香，丝毫没有苦涩味。但此“竹”不按规矩出牌，满山遍野地生长，周边的果树深受其害。几年的工夫，这些平时靠人工照料才能长果的树，娇嫩得很，哪经得起如此疯狂的侵略。每年给果树施的肥料，却给甜竹占了便宜，吸收的营养比果树多，长得比果树还要高大，而且极力向四周扩展空间。砍其竹子，治“表”不治根，地下根系发达、壮大，丝毫不影响繁衍。周围的菜地、房前屋后不招自来。经营多年的果树毁于一旦。

一个物种的存在，有时是毁灭性的。本地物种如此，外来物种更可怕。

几年不到，甜竹已经发展到山上各个犄角旮旯，屋边的几块菜地已经布满了根系，每年都长出不少的竹笋，不及时清理，菜地也就成了竹林。眼前的几块菜地是最后的阵地，冒出头就铲除，绝不轻饶。

山居的水泥房还算坚实，没将水泥地拱裂。如果众多竹子在屋底下同时发力，是否可将房屋抬高离地，一幢空中楼阁出现，那不只是甜竹出名，而是江南竹村闻名于世。

眼看甜竹肆无忌惮地疯长，没办法考虑果树的生死，只好让它们自生自灭。正当竹子得意忘形的时候，另一种植物芦苇草出现，也在满山地疯长。这种植物抱团生长，下面的根系非常发达坚韧，割除上面的草，不到几天又会冒出嫩叶，割去一次，下次长势更加疯狂，一年后再去清除，那就要连根带叶一大团清除，只要留下一条根须就会重新发芽。芦苇是一种不死草，试过几种除草剂，表面上出现烧焦死亡，过后变本加厉，得意便猖狂，想尽各种办法铲除，都收效甚微，无济于事。

芦苇占据了山头的大部分领地，有效地阻击了甜竹的蔓延。一物降一物，一个物种无休止地发展，就会出现另种“克星”，这就是我们常说的自然界生态平衡的规律。

芦苇阻止了竹子的洗劫，但其他的物种也无法生存，除了少数的几棵杂树比它高大，能接受到在芦苇外的阳光。小型的灌木、杂草之类的植物都死在芦苇膝下。我不管它们如何争夺山头，下个消灭芦苇的物种是哪位“大神”，我当“看官”，静观其变。

进入冬天，冬笋又是另一种风味，成了上海人的最爱。每逢过年，上海人唯视冬笋待客为上品。我有个上海的朋友，二十年前到他家吃饭，以有冬笋上桌待客为骄傲，反复地提起，原本不关注，也并没有多大兴趣的食材，被他认为是待客的极品而印象深刻，至今牢记在心。

冬笋与春笋有区别。除了价格贵，味道有些特别，与“物以稀为贵”也有关。

采冬笋是一门绝活，一般人难以挖到。据说要看竹梢的颜色辨别出竹根下面是否有笋，我试过几次，不得要领，每次都空手而归。这是农民一年一季的生财之道，有笋的季节早就被他们挖取，哪还能等到我这个外行人获得。隔行如隔山，在山里要懂规矩，万万不可与民争利。

江南竹，对文人雅士来说，是清新、飘逸、恬淡、高雅，还有宁裂不弯的精神化身。对村民来说，是生活，是大自然提供的生物资源。对我来说，两全其美，精神与物质兼得。

我赞美“江南竹”的名，更欣赏它的“竹”意。

壹

壹·云雾经常光顾江南竹村，给大山一次洗礼，给山林一次滋润

贰·当太阳出来了，云雾慢慢消散，来无影，去无踪

叁·山里的云彩，格外地透彻，一场阵雨过后，尘埃不见了踪影，云彩魔术般地变幻无穷

肆·每天可以看见不一样的日出日落

壹．过了春天，竹子换了一身郁郁苍苍的绿装，重重叠叠

贰．最接近蓝天的是家门口这棵苦竹

叁．杂草，阻碍了甜竹延伸扩展的势头，两物相争，鹿死谁手还是未知数

肆．此地乃竹村，春笋满山谷

伍．茂密的竹子

陆．甜笋，嫩白带有淡黄色，山珍中的极品

肆

伍

陆

壹．盛夏，新老竹密集相聚，节节高升

贰．五月初期，天气闷热，一个晚上就能长出十几厘米，几天就能成竹

叁．脱下皮壳，就是成年了

肆．到了九月，再满的竹林，也要挤出新竹的位置

伍·最后一抹晚霞，已经融进暮色之中

陆·带病的竹子，节多竹短

壹・毛竹笋，长得又粗又大，是利用率最高的品种

贰・黑竹细长条，适用于搭架瓜棚、豆类物种

# 水池里的动物演绎

房屋盖在山顶上，不在溪水旁，就没了“水龙王”的踪影。

没水总感觉缺少了些啥。常言道：“山不在高，有仙则名；水不在深，有龙则灵。”这两个要求都没有。想着在山上能沾些“仙气”，最近的寺庙离山头还有几里地，怕是鞭长莫及。

我喜欢住在高处，居高临下的感觉。登高望远，一览众山小。鱼翅与熊掌不能兼得，我选择了居高，喝水就成了问题，要从半山腰把泉水抽上来。

几年后，简陋的房屋进行了一次改造，靠近房屋一米地，在苦竹边挖出了一个六平方米左右的小水池，有水又有竹，就有了些意境，居室顿时有了些生机。没有“仙气”，离“龙”相差甚远，充其量是有些“灵气”。

自从有了小水池，自我感觉良好。先是在市场买了几条鱼放进去，红白相间的体色，属“金鱼”类。身体大部分像鲫鱼，养“金鱼”者将它们划分到“草金”类。如今金鱼重新梳理了分类方式，从原来的四类分法改为二类分法，即“文形”与“蛋形”。有背鳍的属“文形”类，没背鳍属“蛋形”类，我买的金鱼算是“文形”鱼，品种最差那档，不娇贵，好养。

我将金鱼定性为“品种”，不能说是“物种”，是从历史文化的角度，而非自然科学的角度。

几条鱼来到水池里，顿时增添了不少生机，不时地用嘴在池边触碰，在水面上漂游，吐出一个个水泡。从在小盆小缸中生活，突然进入到水池里，顿觉悠然自得，飘逸灵动。

水池不大，如果不下雨，就得抽水上来填补。享受天然的山泉水，不用过滤，没有任何药物存留，比人喝的水还要纯净。生长迅速，不到几个月，就比放养时大多了，动作敏捷，一有动静，下

潜或逃离的速度明显变快。

好景不长，没过几个月，几条大些的鱼没见了踪影，又不见鱼死迹象。一开始怀疑被村民偷了，吃是不可能，这种鱼没啥肉，吃过的人都说不好吃，偷回家当景观摆设是有可能。

猫也有很大的嫌疑，山里有几家养的猫会到处乱窜，常常光顾鱼池边寻食。听过养金鱼的老板控诉猫偷吃金鱼的案例。猫抓老鼠的技巧用在捕鱼上，不费吹灰之力。猫可以耐心等鱼浮出水面，一爪下去，就能将鱼捕上岸，瞬间吃尽，留下的残羹剩渣，渔场老板能辨出是鹭还是猫偷吃的。

剩下的几条鱼，很少在水面上游动，成了惊弓之“鱼”。还在琢磨着鱼的失踪之谜，终于发现失鱼的缘由，一只翠鸟停在水池的竹梢上，隔着楼上的玻璃窗户往下看，尖尖的长嘴，两眼直盯着池中水面一动不动。时而转动360度的头颅，观察四周，发现有人，瞬间飞走。人若不在山上，池塘便成了它的领地，不大不深的水池，鱼要躲过翠鸟的猎杀，并非易事。

翠鸟是捕鱼高手，鱼是它主要的食物来源，长期在水塘、溪边、河边潜伏捕食。我居住在山顶，离水塘、溪沟相差甚远，它也能闻到小水池的鱼腥味，也算是奇事。没过几天，所有的鱼都没逃过厄运，成了翠鸟的美食，还有几条不时钻出水面透气的泥鳅，也没躲过一劫，不见了踪影。

自从有了这口小水池，蛙是第一位入住池里的生灵。刚开春，水池成了它繁衍下一代的天然栖息地。沼水蛙先占据水池有利位置，各种不同的树蛙也来抢占地盘。从春天到夏天，蛙声一片，高中低音交融，组成了一个水池交响“蛙乐团”，将宁静的山林夜晚搅得不得安宁，不叫到天明决不停息。

蛙乐演奏整晚，天明结束，“知了”团队白日登场，夜晚落幕，两组乐团高歌猛进，昼夜交替，从春天叫到夏天，大半年的时间由这两个团队控制着山林的演奏权。偶尔听见鸟声和山里的动物叫声，都成不了气候，随即被淹没。

对睡眠好的人，是大自然的天籁之音，是催眠曲，那要有没肝没肺吃了就睡的本事。对有神经衰弱、睡眠差的人，不分昼夜的喧闹声，是噪音，是一场灾难，难以忍受。

蛙类大量出现，蛇也随之到来，房屋周围经常出现游动的蛇。蛇是我无法忍受的动物。蛇体鳞片，还有行走扭曲的姿势，都是我感官无法接受的形态，会本能地产生恐惧。没过几天，捕蛇人也闻到气息，很快找到蛇的藏身之处，三下五除二就将蛇装入布袋，卖到餐馆、酒店，赚到可观的银子。据说蛇汤如鸡汤，非常的鲜美，有清凉解毒治病的功效，我害怕此物，任何方式烹制，我也从不尝试。

水池要等下雨才能换上新水，如果遇上台风，就会“水漫金山”，顺着路坡往山下流。在水池养过一只巴西龟，原来在玻璃缸中饲养，嫌麻烦，与金鱼一起放进了水池里，经常能看见它浮出水面，伸出头来游玩。几年下来，比原来的个头大了许多。“龙王”台风光临福州，池水漫过地面，巴西龟乘机逃出，溜进了山林里去快活，是死是活，不得而知。如果没死，二十多年过去了，在本土的自然环境中长大，也许已经没了巴西龟原样，一个新的物种诞生，科学家又会搞昏了头，找不着基因的出处。

长时间不下雨，水质出现异味，给山里的蚊虫带来福音，创造了繁衍生息之地。特别是那种花蚊，个头很小，只要被它叮咬，瞬间就能起个红包，瘙痒难忍，长时间不停地抓挠，还会出现反复的瘙痒、疼痛，皮肤不好还会溃烂。

福州的夏季时间特别长，温暖的气候给蚊子提供了更长的生活周期，长久与人类争夺领地，似乎它是主人，高兴了就到人的身上叮咬几口，吸着人血来补充自己的体能，不把人类高级动物放在眼里，狂妄至极，令人厌恶。

蜻蜓也没闲着，需要水才能生长的水虿(chài)，是蜻蜓、豆娘稚虫的统称。长尾黄蟌也在水池中安了家。蜻蜓大多时间在水下生长，水池里繁殖下一代，忙着产卵，卵排出后在青苔上孵化出幼虫，叫作水虿，它们要在水里过很久的爬行生活，少则一年，多则七八年才能羽化成蜻蜓，离开水能展翅飞翔的时间也只有几个月，是从水中诞生的空中飞行者。

平时池水很脏，一般用于浇菜，洗锄头、带泥的鞋子。水池边上的竹子越长越多，竹叶落入水池沉淀，久而久之成了积淀很厚的污泥，两年清理一次，倒入菜地增加肥料，里面杂物通通清理干净，重新换了新水。蜻蜓的生命中，在水里的生活是重要部分，几年或几十年才能轮回，生活在水中的蜻蜓、豆娘幼虫等不到成虫的那一天，随着污泥做了肥料，提前结束了水下的生命。人类的命运也是如此，并非个个都能长命百岁。

虽然有蜻蜓、青蛙等天敌来对付蚊子，但它们都不会将蚊虫吃尽，留有余地，才有源源不断的食物补给。可人成了水池周边生物链的一环，供血给蚊子吸食，那只好壮士断腕，填池灭蚊。

山居的房屋进行了第三次改造，没了水，山居又相安无事。想象中的灵气，也随着水池的填埋，消失殆尽。

水池几十年的时光，给各类物种提供了一个生态展示的场所，演绎了一场又一场的生命轮回。人类的生态模式如出一辙，一处楼房建好，周围就会出现水泥店、建材店、装修店、五金店，配合房主装修。后面跟进的小吃店、小商店、理发店，再跟进的学校、超市、各类补习班、辅导班等，一个完整的生活链形成，哪个门面没有，就会给生活带来极大的不便，有需求就会有市场。

自然界其实不用人类去拯救，只要没有人的地方，生态都能自己修复。

壹

贰

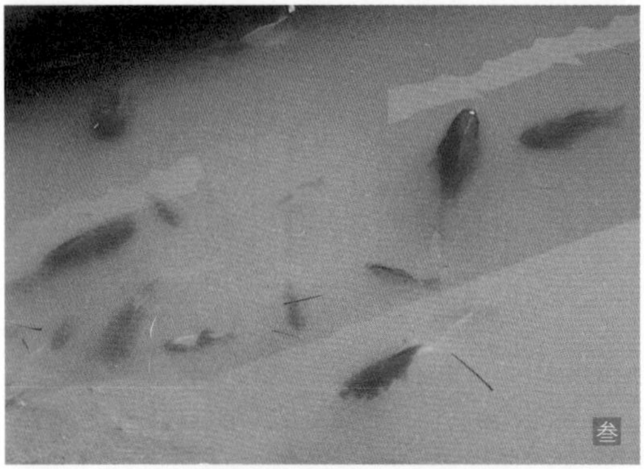
叁

伍

肆

壹·偷食鱼的翠鸟

贰·山居屋边的水池，青竹配上顽石，有江南景致的韵味，但也带来了无尽的烦恼

叁·水池里的几条金鱼，最后都成了翠鸟的美食

肆·褐肩灰蜻，贴在水池的青苔上产卵

伍·水池也是短尾黄蟌繁衍之地

陆·大树蛙，可以在竹林中来回跳跃

# 青草池塘处处蛙

新春伊始，水池里第一次听见蛙声，动物们已经从冬眠中苏醒，正式拉开了一年中的轮回。

春天万物复苏，人们跟随着季节起舞，此时的气温，人体较舒适的日子，早晚十度上下，中午阳光充足，气温在二十度左右，脱去冬天的棉衣、羽绒服，最多是毛衣加一件春秋装外套。

冬季似乎不愿意离去，不时从东北方吹来冷空气，维持寒冷的气温，虽然时间不长，两三天又恢复常态，但足以让人们防不胜防。冬天的被子想换不敢换，刚脱去厚实的冬装，又急忙穿上，否则让流感有机可乘，医院又多了拥挤的病人，比菜市场还热闹。原本不用花钱都能好的感冒，只要走进医院大门，少则几百元，多则上千元的治疗费用，伤筋动骨，伤身破财，给医院创造了商机，赚得盆满钵满。

外面还下着雨，没走几百米，雨又停了，手机上的气温显示十八度，天气预报江南一带有雨，冷空气又将光临，冷暖交流相撞，有点闷热，在洞穴冬眠的蛙，早已耐不住寂寞，寻找出洞的时机。

惊蛰，还剩下了最后一天，还未听到雷声，“春雷惊百虫”，意思是天气回暖，春雷始鸣，惊醒了那蛰伏于地下冬眠的昆虫。蛙倒是不用炸雷提醒，靠着土壤的气温，判断冬眠的日期已尽，个个找到水源地，开始了呱呱的叫声，拉响了春天的前奏曲，算是给惊蛰一点面子，未有惊雷响，只听蛙鸣声。

春分过后的第二天，开始燥热，最高气温达三十度，是今年入春的最高气温。晚上九点，一声春雷震天响，预示着惊蛰开始，按照日期算，差一两天还算正常，因地理的差异，惊蛰与春分正式交接，动物的休眠期宣告结束。

山上树蛙已经开始了夜晚的狂叫，大树蛙繁殖季节，产卵的白色泡沫也不知啥时挂在竹叶上了，卵子发育的初级阶段，跌入水中变成小蝌蚪后继续生长。可惜，原来竹下面挖的水池，前年就填埋了，估计大树蛙的记忆中，竹林下面还是原来的水池，填平的水池下面都是杂草、石头，也不知道有多少的存活概率。如果恰好是雨季，掉进下面的水桶或盆里，还会有活的希望，大树蛙是否看准了下面的水桶而有意产卵，动物的智商不可小觑。

昨晚的蛙叫声增多，从不同的山头发出，这是交配期发出的信号，也有刚钻出山洞，冬眠结束后第一次出来“打卡”的叫声。蛙声一片，远近遥相呼应，整个山林都是蛙声此起彼伏，高调登场，宣示领地。

白色的水桶里有蛙声，我打开手机里的亮光寻找，一只蛙立刻潜入水里，不到几秒钟又露出头，让我看清了它的真面目，原来是只大树蛙。一米多深的桶，只有三分之二的水，估计它下得去，未必上得来。没想到大树蛙四脚有吸盘功能，可以紧贴光滑的水桶壁，上下自如，担心是多余的。它找到有水的桶，成了产卵繁殖地，生命有了续集。在水桶里繁殖有点悬，菜地经常要浇水，要是一个星期没下雨，大树蛙产下的卵也是一场空。眼下雨季即将来临，能否安全顺利地度过繁殖期，要看老天是否给它机会。

山上最多的沼水蛙还没见露头，这个种群量很大，有些池塘会被它们整体占领。原来竹下这个水池，大多都是沼水蛙，也有少量的几只大树蛙。也看见过一只很大的九龙棘蛙，在水池中可称“王”，叫声如同男低音，声音深厚有力，传声远，几里外都能听见。自从水池填埋，就没见了它的踪影。

蛙的叫声，引来蛇的光顾，蛇的出现吸引老鹰目光，各位大神聚集在山居周围，一场“武林大会”，即将上演生死博弈。

壹·大小水池，聚集着众多林蛙
贰·沼水蛙群体占据有利地形，迫使其他蛙类不敢靠近
叁·沼水蛙是水池中主要的占领者
肆·九龙姬蛙的叫声洪亮，是池里的蛙中之王
伍·小弧斑姬蛙在茂密的森林里出现
陆·长肢林蛙，种群较少，无法与沼水蛙抗衡，少量出现在水坑中
柒·竹林、树梢上的大量白色泡沫，都是大泛树蛙所为
捌·《大树蛙》（水彩画）

壹

贰

叁

肆

伍

陆

柒

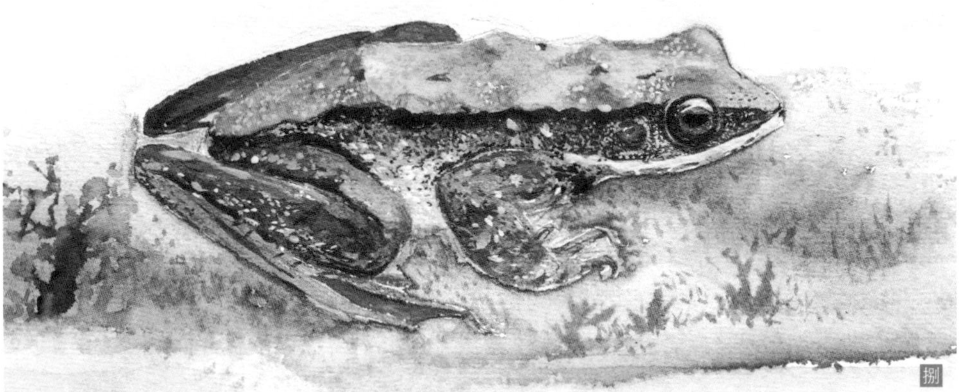
捌

# 山静鸟谈天

童年，有几样玩的东西一直记忆犹新——钓鱼、黏知了、掏鸟窝。只要是男孩，大多都经历过。

山里的鸟多，冬候鸟有北红尾鸲、鸫、鹡鸰等，夏候鸟有家燕、杜鹃等，平时常见的留鸟，是长期生活在本地的“菜鸟”，如麻雀、八哥、乌鸫、喜鹊、斑鸠等。

在自然界的动物里，鸟与人又是亲密的一族。清朝时期，老北京人养鸟成风，八旗子弟左手鸟笼，右手托着一小茶壶，操着正宗的京腔，走街串巷，招摇过市，那噱头，是身份的象征，彰显血统正宗、身价尊贵。地方跟着京城学，养鸟风靡全国，流传至今。

清晨，公园里、广场内遛鸟的大有人在，花鸟市场鸟种五花八门，品种繁多。“旧时王谢堂前燕，飞入寻常百姓家”，更是人与自然和谐相处的真实写照。村落古屋，只要有燕子穿堂入室，定有人家居住，屋空巢空，人走燕飞，不离不弃，场景动容。

我刚在山上建好房屋，就有一只老鹰（猛禽），不大，现在回想起来，有点相似凤头鹰。一到夜晚，就会准时落在二楼凉台的楼梯上过夜。时间长了，凉台上粪便染成了白色固体。白天趁它不在时，清洗了几次，情况并未好转，夜间准时回来，粪便照旧。凉台处在拐弯角，两面靠墙，两面朝外，在视线的范围内。既能遮风挡雨，又能预防不测。

在山区建房，常有蛙、老鼠、蛇出没，鹰也随之而来。它选择高处，眼观下方，捕捉食物。与人共处，将人当作新来的邻居，丝毫没有敌意。

夜深人静时，鸟叫声就不那么悦耳动听，那种怪叫声，让人瘆得慌。但有只老鹰在家门口守着，算是个门卫，防老鼠、蛇之类入室，心里也会踏实许多。时隔二十多年了，早已不见了它的踪影，但时常念叨那段共住屋檐下的时光。

隔壁邻居一家，平时在城里上班，没空料理山上的事物，从老家乡下请人来打理。姓江，五十多岁的农民，农活干得极为漂亮，看他干活是一种享受。我经常夸他，有时会专门欣赏他劳作手法，每个动作是那么舒展，干脆利落。砍柴似乎不费什么力气，整一块菜地，又快又工整，像一件工艺品。隔行如隔山，我当知青下放过两年，种地还是不得要领，惭愧得很。

小江的到来，让别墅的周围，又成了地道的农家院。种菜、养鸡、养鸭常规动作一样不少。百十头的鸡在山上随处放养，逢年过节经常有朋友到山上游玩，自养的土鸡、土鸭、农家菜，加上好山、好水、好空气，都成了房屋主人炫耀的资本。

好景不长，一年后，山里养的鸡不时地丢失，他一开始怀疑鸡被黄鼠狼偷吃，后来找到几处散落在地上的鸡毛，又从吃剩下的残骸判断，应该是老鹰所为。从一只小鸡养到大，要一年时间，白白送给了老鹰嘴里，心有不甘。邻居加大了管理投资成本，从城里买来了铁丝网将周围圈得严实，防止老鹰进入鸡场。但树上无法罩住，鸟并非兽，从天空、树林钻进来，丝毫不影响它对鸡的攻击。丢失鸡的情况并没啥好转，老鹰似乎胆子更大，又招来了同伴，失窃率越来越高。小江看见一只老鹰扑倒家鸡在撕咬，他拿起一根竹竿驱赶，老鹰居然不松爪子，当着他的面，叼住一只鸡从他的眼皮底下飞走，小江气急败坏，想着法子如何收拾与他作对的老鹰。

小江从农村来，有很多办法对付这些与他作对的动物。抓老鼠、抓蛇、抓野猪等，经验丰富得很。抓老鹰也有绝招，我提醒他，所有猛禽都是国家二级以上保护动物，不得伤害。一旦发现是要吃牢饭的。我给他举了几个因为抓猛禽而被判刑的例子，吓吓他。在老家他天不怕，地不怕，天高皇帝远，上面的政策对农村永远都是滞后。来到这里，是省会城市附近，他还有点心虚，会收敛些，背后是否动作，不得而知，也没见大张旗鼓地炫耀。

我反对他们养鸡养鸭，是因为此物太脏，引来苍蝇、蚊子，破坏周围环境，关键是他养鸡的下面就是喝水的源头，大雨一来，鸡粪都随着大水冲入井内，讲过几次，都没引起他们的注意，好不容易逮着一个机会，说大道理没用，吓唬的成分多些。此举初见成效，他将鸡放到左边的一片竹林饲养，离他家凉台近，鸡的活动范围能一眼看见，老鹰来了可以驱赶，家鸡得以保护，我喝水不受污染，皆大欢喜。

山里的鸟是最常见的动物。人们常

用的一个词语“鸟语花香”，鸟在前，花在后。鸟与人类最有亲近感，也是最有灵性的动物。一年四季，住在山里，处处有鸟相伴。常见的留鸟有喜鹊、麻雀、燕子、乌鸦、画眉、八哥、斑鸠、文鸟、红嘴蓝鹊等。林雕、游隼等猛禽类，多数夜间活动，专门对付夜行动物。白天出来活动的鸟，与人的活动睡眠同步，到了夜晚都成了睁眼瞎。夜间活动的猛禽正好相反，白天视力极差，都在睡眠中，到了晚间两眼放光，如同安装了红外线，一有动物活动，都难逃法眼。

天气一变冷，冬候鸟到来，山中又会有新鸟光临，鹨与鹀，与麻雀一般大小，鹨鸟的嘴比鹀鸟嘴要长些，都是在地面草丛中钻进钻出，身上的花纹与干枯的草相似，但它们归属不同的科，每科相似的鸟都在十几种以上。它们成群结队，身上的条纹相差不大，不是专业的观鸟人，根本分不出谁是谁。我只能分辨到科上，认不到种，看见此类鸟，一个头两个大。

过去没现在玩的东西多，手机、ipad、电脑，都是新玩意儿，应接不暇，爱不释手，勾魂摄魄。也难怪，如今人比鸟多，天上飞的，地下爬的，大多上了餐桌。当下讲究吃要原生态，飞禽走兽，更是席上高档食材。乡村边远市场上，时常看见集市买卖雉鸡、鹧鸪、鹌鹑、斑鸠等野生鸟类，价格通常比家养翻上好几倍。贫穷的山区，大自然给他们带来顺手的美食，没有不吃的，多少年传承下来的陋习，足以让有些动物断子绝孙。

在地球上，鸟到了中国境内最怕人，猜想鸟在启蒙时就开始了生存法则的教育，但鸟与人有共同之处，“人为财死，鸟为食亡”，鸟死人口中，人死敛财中。

干燥的杂草，是斑文鸟建窝的材料，鸟小窝大

壹

贰

叁

壹·精美的鸟巢，孕育着生命的希望

贰·白鹇，山林中随时可见，三五成群，雌雄体型差异较大

叁·雉鸡，同属雉科类，大小同家养鸡，最容易成为餐桌上的美食，福建山区普遍存在

肆·画眉

伍·大山雀

陆·灰胸竹鸡

柒·白颊噪鹛

壹·红头长尾山雀
贰·小鸦鹃
叁·红嘴蓝鹊
肆·牛背鹭，因常常与牛相伴而得名
伍·灰树鹊
陆·黑脸噪鹛

肆

伍

陆

# 丑角装扮的绣眼鸟

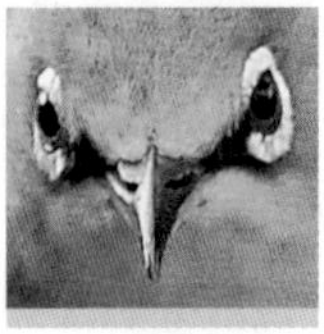

绣眼鸟大多是在橙腹叶鹎不在场的情况下出现，碰见个体相差不大的叉尾太阳鸟都相安无事。花蜜多时，三种吸食花蜜鸟同时出现，食物充足，各自忙碌。

绣眼鸟眼眶一圈白色，如同戏剧中的丑角，极不协调，更谈不上美观。戏剧为啥眼眶周围抹上白圈，没去考究，装扮倒是与绣眼鸟如出一辙，是否从绣眼鸟那里得到的灵感，值得怀疑。

绣眼鸟属林中较小鸟之一，行为敏捷，喜欢群聚觅食。在自然界进化过程，身体的大小、色彩变化、体型，都从千百年演变而来。

门前的菜园子有两棵茶树，从早上到午后不停地有鸟来觅食，如同泉涌，取之不尽。开始想的花蜜是因为晚上露水而产生，看来并非如此，有阳光的时刻，就能看见它们忙碌在树丛里，说明是花丛里自然分泌而产生的蜜汁。

壹·暗绿绣眼鸟，像啄木鸟一样，在树上寻找害虫吃

贰·盛开的花朵，都留下它吸食的蜜迹

叁·这些先熟后烂的枇杷，有暗绿绣眼鸟留下的杰作

# 个小胆肥的家麻雀

时间长了，动物也就将自己生活场所当领地，消除了对人的恐惧，自由进出屋内，寻找一些食物，与人保持一定的安全距离。

一只家麻雀，体虽小，胆很肥，未经主人同意，擅自窜入家宅窥视。原以为进出自如，没想到进入的是玻璃屋，两眼发光，晕头转向，分不出进出通道。

在麻雀眼里，玻璃没有理由阻隔它天地往来的自由。玻璃挡风、挡雨却不挡空气与风景。有些房屋建筑里，玻璃门成为时尚，大厅或进门口，放上一块玻璃做装饰，人走过，看不清玻璃，撞得鼻青脸肿。懂事的主人在玻璃门上贴字条或字画，提示面前有玻璃。如果主人未设提示牌，那就与麻雀一样，只能自认倒霉。

麻雀从凉台进入书屋寻找食物，没想到进门容易出门难，在屋内横冲直撞，寻找出口。个头不大，力气不小，飞来撞去，搞得我胆战心惊，挂在墙上、摆在桌上的易碎物，虽算不上好东西，但也陪伴了二十几年，都是些养眼的物件，糟蹋了可惜。

麻雀折腾累了，躲进了高高的书柜里，也不知道藏哪个位置。趁我去找竹竿的时间，又从书房跑到阳光房，处处都是亮堂的玻璃，它以为跑出了险境，两米多高的玻璃房，十几平方米，有足够的飞翔空间，没想到光天化日下，更是难逃法网。麻雀将玻璃当成了空气，拿出逃命的力气撞击玻璃，不时发出呼呼的沉闷响声。几个回合，已经站立不稳，摇摆不定，有时从高处掉落，稍等缓过劲来，又重复前一次的愚蠢行为。小小的头颅终究无法撞开坚硬的玻璃。

麻雀终于精疲力竭了，找到一个离地面较高的位置停息，惊恐万分，百思不得其解，眼前看似空气一般境地，还能阻挡它的飞行。麻雀终归是麻雀，缺少对人类的认识，祖辈也没这玩意儿，就没教过玻璃这种东西会要命。眼前四周亮，但它无法脱身，处在万劫不复的境地。

我有事要出门，没时间与它周旋，等晚上回来再慢慢教训它，让它懂得与人打交道的规矩，进出主人家门是要打招呼的，要按照人的方式行事。许多鸟类与人类有友好的互动，能否将这只麻雀训练成自然和谐的典范，也是很有趣的事情。再说将瓶打翻在地也是不可饶恕的罪过，反正今天没打算放过它，看后面的表现决定它的去留。

最后一道进出的玻璃门关闭，想想一天不吃应该没啥大碍，但楼上温度高，会不会没水不行，从凉台上装了半盆水放到屋中央，才放心地离去。

天黑回来，想起楼上还有麻雀关着，急忙跑上楼推开玻璃门，找遍各个角落都未见它的踪影。我仔细查找了纱窗，没有裂缝可以逃生的痕迹。在一处不显眼的墙角上有个下水道，这是唯一逃生的通道。如果是从这里逃脱，真让我刮目相看了，我要重新审视麻雀的智商，它只是对玻璃表现无知，其他方面不比人差。

麻雀是最能接近人类的常见鸟之一，生性活泼，胆大易近人。但警惕性高，好奇心强。从城市到乡村，处处都能见到它们的身影。在人居住的屋檐、墙洞筑窝。与人争食，在密集的城市人群中，只要有人，就有麻雀的身影，吃着人类的残羹剩渣，算得上城市邻里一族。

中国除“四害”运动中就有麻雀名列其中。别看体能小，繁殖能力强，每年至少可繁殖两窝。小时候掏鸟蛋，麻雀最容易得手，每次都能掏出五六个蛋或幼鸟。缺粮的年代，麻雀无处不在，辛辛苦苦种的稻谷也经不起众鸟争食。除“四害”运动发生在“自然灾害”之年，人人缺吃少穿，与麻雀相比，人自然更重要。如今，人们常说当年除“四害”，违背自然规律，做出的是荒唐事。我认为，还是应该站在那段特殊年代看问题。麻雀、老鼠都吃稻谷，灭它们，是人类保存自己的一种本能。生态遭到严重的破坏，如何平衡自然环境是另一个话题。

麻雀习惯了与人类共舞，大多还没适应时代发展速度。人类自身在新科技上都无法尽快适应，何况动物。麻雀再聪明，也无法通晓未来。但经历这次的劫难，麻雀明白了空气中还有一种让人无法辨清的玻璃，用头撞是过不去的。

壹·麻雀是最能接近人类的常见鸟之一

贰·被玻璃阻挡分离的外面世界

叁·被撞得精疲力竭的麻雀，找到一个离地面较高的位置停息

肆·凉台的下水口，是麻雀唯一逃脱的通道

贰

叁

肆

# 白胸苦恶鸟

在村里的水田、溪边、小沟，除了黑水鸡，就属白胸苦恶鸟常见。它体态轻盈，灵秀、机警、善隐蔽，在水边茂密的草丛中活动。行走时头颈前后伸缩，尾巴上下摆动，从头、颈至胸部，白色羽毛突显。繁殖期彻夜鸣叫。似“苦恶、苦恶”，单调重复，久鸣不息，整晚都能听到它的叫声。白胸苦恶鸟之名号，就由体色与叫声得来。

壹·被尼龙绳缠住腿的部位已经变形，只能拖着行走

贰·正通过公路的一家子

叁·白胸苦恶鸟也会觅食稻谷

# 北红尾鸲

观鸟人常说，只要看见北红尾鸲在本地出现，就说明候鸟来了，它是冬候鸟的前哨兵，是候鸟到来的标志，也是福州进入冬季的开始。

观鸟、拍鸟者如同打了鸡血，带好各种野外装备纷纷出动，三五一群，在各种鸟出没最多的区域观察记录。拍鸟人更是长枪短炮，等待又一年的鸟群光临。

“打鸟人”（业内人称拍鸟者为“打鸟人”）装备精良，长枪短炮，身穿迷彩服，个个装扮成“狙击手”。经常起早贪黑，挨饿受冻，蚊虫叮咬，没有报酬，还乐此不疲。如果算是一个行业，应该是工作最艰苦的那种。人们常说，无利不起早，“打鸟人”算得上“无利也起早”的“二杆子”。

北红尾鸲雄鸟与雌鸟差别较大，雄鸟全身黑白红，从中间色向暖色过渡，通体为黑白灰色，顶冠到后枕部银灰色，飞羽处有白色点缀，腹部到尾橘黄色，嘴是黑色，脚为黑灰色，始终昂首挺胸，颇有王者风范。雌鸟个体比雄鸟要小，上体呈棕褐色，腹部白灰色，其他的特征与雄鸟相差不大。

北红尾鸲有强烈的领域行为，通常看见雄鸟或雌鸟，都在这个区域活动，不怕人。发现地面或空中有昆虫活动时，会立刻疾速飞去捕食，然后又返回原处。每次飞翔距离都不远，一般是在林间短距离来回飞翔。胆小得很，见人就藏于丛林里。活动时常常发出“滴-滴-滴”的叫声，声音单调、尖细而清脆。听声音很容易找到它。停歇时时常不断地点头哈腰，上下摇头摆尾。每年到了这个季节，都能看见它们的身影，可能是原属于它们的领地，冬来春去，一代又一代往返故里。

北红尾鸲，一年一度，是远道而来的客人，也是缘分。

壹·北红尾鸲（雌）

贰·北红尾鸲（雄）

# 黑水鸡遇险记

乡村的田野，最常见的是黑水鸡与白胸苦恶鸟。只要有水塘，就能发现它们的身影。见到人就躲进杂草丛里，人一走它就尾巴一翘一翘地溜出来觅食。

每只黑水鸡都会有自己的领地，不会飞得太远。我见过几处黑水鸡的生活环境，死水池塘，鸡鸭成群，垃圾成堆，水质极度恶劣，夏天会发出阵阵恶臭。各种小虫细菌应运而生。这种恶劣的环境，正好是黑水鸡栖息地，各种垃圾、小虫，成了黑水鸡的最爱，无形中充当了不用付费的专职“清道夫”，不打农药的“除虫剂”。

在一处农田的中央，绿色的青草长势旺盛，远处有黑色物体动了一下，估计是鸟在水田里，长时间又没见动静，可能在抱窝孵蛋，这个时期，是黑水鸡孵化季节。

我脱了鞋袜，卷起了裤腿，来到水田的中央探个究竟。黑水鸡惊慌离去，果然是个窝，在青草里搭建，窝里有闪闪发光的八枚蛋，在阳光照耀下格外醒目。黑水鸡的体型不大，生下的蛋不小。蛋壳乳白色上有深褐色斑点，更像一窝“麻蛋”。

黑水鸡建造的巢相对简易，平铺在水草上面，中间凹进一个“U”字形，整个腹部能将孵蛋包住。利用水田边的青草一根根搭造而成。时间久了青色水草渐渐枯萎发黄，搭上几根青草，边孵蛋还修缮窝。鸟巢看似简单，工艺还是有点复杂，草与草之间的穿插，相互连接有很多的讲究。最底下较厚实，高过水面，不能让田里的水透过窝的底层。孵化时，趴着的高度不能超过青草，否则很容易暴露自己。

我在想，黑水鸡为何建窝在水田中央，周边杂草丛林可随处建巢，找一处隐藏地方还是很容易的事，犯不着与农田抢时间，争地盘。黑水鸡认为在农田里建巢穴会更安全些。除了人为的伤害，自然界还会有许多动物天敌。蛇就是其中之一，蛇吃蛋是常有的事，如果让蛇发现这窝鸟蛋，那是一顿美味佳肴，欢天喜地的事。

在我身边看热闹的村民说：“狗也会吃蛋。”他亲眼看见村里狗吃鸟蛋。这就难怪了，农村的狗多，家家都养，是不用圈的动物之一。野外找食，弥补主人给的食物不足，也很正常。黑水鸡找到水田中央搭窝孵蛋也就能解释得通。不是水蛇不入水，狗鼻子遇水就不灵，水田还是最安全的地方。

与往年不同，要等到黑水鸡蛋孵成小鸡后才会开始耕作，今年出现了意外，是农作提前了，还是黑水鸡算错了时间？孵化的小鸡还未出壳，一台拖拉机已经开始在田里耕作，靠近窝边，黑水鸡完全没有离开的意思，想必在做最后的努力。但无论如何，也不可能在一小时之内孵化出小鸡来。随着农机越来越近，黑水鸡被迫飞出蛋窝，站在田埂边，眼睁睁地看着一窝即将出壳的小鸡葬送在泥浆里，惊魂失措，无可奈何。

我急忙到鸟窝边上拍了几张照片，站到田埂上，一筹莫展，也想不出更好的办法救下这窝鸟蛋，没能力将蛋里的生灵孵化出来，带走也是死。只要巨大的车轮碾压过去，瞬间就会化为淤泥，融在泥浆中，同青草一样，沤成肥料，魂归大地。

此时，意外发生，开车的小伙靠近鸟窝时，将车停了下来，从车上伸出一条腿到水田，将一窝鸟蛋托在手中，开着车到田埂边，将一窝鸟蛋交到我手中，说等他耕完，再放回原处。我说：“这样行吗？原地都被铲平了，周围也没有草，黑水鸡还会回来吗？”他说：“会的。”而且很自信，也许他不是第一次救下黑水鸡。

周围的水田耕完了，小伙子将拖拉机开了过来，将我手中的一窝鸟蛋放回到原处，位置不一定非常准确，选择了一处稍高，离出水面的土包放下，光洁平静的水面，除了几棵没被压下去的青草露在水面，鸟窝位置突显，黑水鸡是否弃巢，还是回来继续孵化，心里没数，疑虑重重。

一星期后，我来到田边，窝里好像有动静，我急忙脱下鞋袜，光着脚来到鸟窝边，已有三只雏鸟被孵化出来，估计从蛋壳里钻出来不久。一身淡黑色的绒毛，细长的黑灰色脚，黄色的喙，高高的额上一点红特别明显，光秃的脑壳和翅膀上的黑毛还未丰满，露出细嫩的肉体。等我拍完照片，三只小家伙居然跳出窝，在水田里慢慢游去。水田中又多出了三只小精灵，能否存活，还要看自己的造化。巢里还有五个鸟蛋能否孵化出来，不得而知了。

生命得以延续，万物皆有灵。

壹·黑水鸡选择在水田中央繁殖，一窝有八个蛋

贰·『拖哥』并没有碾压，托举着鸟巢回到原地

叁·在翻过的田地中，重新将鸟巢放回了原地，并不会影响黑水鸡的孵化

肆·一星期以后，三只雏鸟破壳而出

伍·躲过一劫，初次试水，完成了生命的洗礼

陆·黑水鸡

肆

伍

陆

# 兄弟：栗背短脚鹎、绿翅短脚鹎

栗背短脚鹎、绿翅短脚鹎，是树林中的常客。只要桃子、枇杷熟了，就有它们忙碌的身影。果实还没熟透，它们俩就会迫不及待地在果实上啄几口，没过几天，被它们啄过的果子周围开始腐烂，比正常的果子要快熟，特别甜。可惜没了品相，要不自己吃，要不让它们继续食用，免得它们去祸害其他果子。

除了这两位食客，还会有白头鹎、红嘴蓝鹊的光顾，一年收获的几百斤桃子，大概有三分之一是供鸟、虫食用。

自家种的水果从不打药，只要鸟吃过的水果，都可以放心食用，绝对没污染，能品尝到纯桃香，甜蜜的味道。品相差点，但纯天然，称得上真正的放心绿色食品。大多市场卖的水果个大品相好，十有八九是人工干预的结果，催熟剂或甜蜜素、打农药是必需的，否则种水果没收成。歪瓜裂枣或有虫叮咬的水果都可以放心食用，起码比打药或添加激素的水果要健康。

养眼的水果更像是美丽的罂粟花，谨慎食用，这是山居农民温心忠告。

壹·栗背短脚鹎

贰·绿翅短脚鹎

# 悬浮吸食的叉尾太阳鸟

进入11月份，枇杷、茶树相继开花。自有花蕾开始，就吸引了叉尾太阳鸟前来吸蜜。

从清晨开始，它们就穿梭在有花蕾的树上忙碌不停，不时地将又长又尖带弯钩的嘴插入花蕊中吸食。在树梢上做着各种高难度的翻滚动作，两只脚爪牢牢地抓住细条树枝，并可以随意旋转身体的各个部位，头部进行360度旋转，不管花朵朝向何方，它们都有办法吸食到花蜜。

叉尾太阳鸟还可以在空中悬停，快速地扇动翅膀，稳稳地在空中控制身体，尖尖的弯钩嘴插入花中吸蜜，这是其他鸟无法做到的高难度动作，只有叉尾太阳鸟有如此绝技。

壹 | 贰 · 叉尾太阳鸟

# 艳丽的灰喉山椒鸟与赤红山椒鸟

山椒鸟是鸟中最亮丽的一种。灰喉山椒鸟与赤红山椒鸟经常混群，很难将它们分辨出来。

它们共同的特点是，雄性为红色占据身体的三分之二，雌性黄色占身体的主要部分。黑与灰布局在头顶及喉颈部，少量的在飞羽、尾部，衬托着它们艳丽身躯。主要栖息于阔叶林和针叶林之间，在绿色的丛林中飞舞，如同一个小小的火球在游动，在很远处就能看见。雌雄除红黄之分外，个体雌鸟比雄鸟稍小些，时常混合在红头长尾山雀或莺科类鸟群之中，群聚式觅食，在一片树中停留几分钟寻找食物，又飞向另一处树丛中，循环往来。

山椒鸟在群聚觅食时，感觉更像是个跟班，小鸟们更像领头，它们飞走，灰喉山椒鸟就紧跟其后。只是个头及艳丽的身躯，在群鸟中格外醒目。

壹·灰喉山椒鸟（雄）
贰·灰喉山椒鸟（雌）
叁·赤红山椒鸟（雄）
肆·赤红山椒鸟（雌）

# 与鲜花争艳的橙腹叶鹎

橙腹叶鹎在山里常见，是吸食花蜜个体最大的一种鸟。雄鸟脸颊、下颏至胸下黑色，嘴角处有蓝块，头部透绿，前额及后颈橘红色，上体绿色，下体橘黄色，两翼及尾巴蓝色。雌鸟较为单一，周身淡绿色，飞羽及尾羽略有淡蓝色，虹膜褐灰色，脚中灰色。只要它们出现在花丛中，其他的小鸟都会被驱赶，往往叉尾太阳鸟不怕，估计逃跑的速度快，常常能看见两种鸟混在一起吸食。

冬季茶花，初春的樱花、桃花、梨花中都能瞧见它们穿梭的身影，与鲜花比艳丽。

壹·橙腹叶鹎（雌）

贰·橙腹叶鹎（雄）

叁·身怀绝技，倒挂觅食

肆·树洞的害虫，也难逃它带弯钩的尖嘴

贰

叁

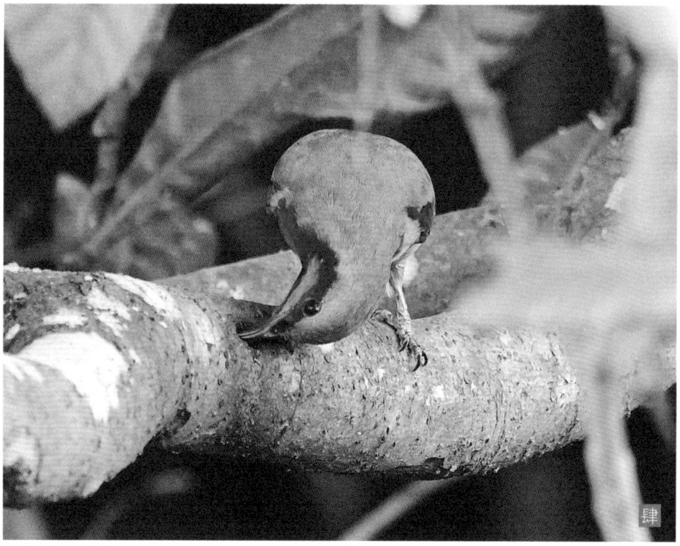
肆

# 竹林的『郎中』——斑姬啄木鸟

嗒、嗒、嗒嗒，急促的叩竹声，从屋前的竹林里发出，我急忙在一片杂乱的竹林中寻找，密集交叉的枯竹中，终于看见它晃动的身影。周围粗细不一、分叉的小竹枝挡住它的下半部，身体在竹子的后面，但头部不断地左右晃动，警觉到我对它带来的危险。几分钟后，它放松了警惕，尖硬的嘴对准竹子进行叩击，发出的响声，使出的力量，小脑壳要承受撞击。想想自己脑壳都疼，人的脑部要受到如此撞击，非脑震荡不可。

见到此鸟实属不易，山前屋后的一片竹林又高又大，常听见竹林中的叩击声，就是不见它的踪影。斑姬啄木鸟个头小，还不到麻雀一半大，在纵横交错的竹林里来回穿梭，寻找竹虫，很难发现。生老病死的竹子，大多因为虫子的伤害而干枯，枯死的竹子坚硬，比起青皮的竹子更坚实。砍竹子烧火用，要一气呵成，放时间长了，没了水分的竹子难砍。

斑姬啄木鸟一旦发现竹内有虫，就会锲而不舍，对准有虫的竹子部位猛烈叩击，声响很远都能听见，一次不成，第二天又会来到原处叩击，大有不抓出虫子决不罢休的意志。再坚固的竹子，它都能巧妙地撬开，将躲藏竹内深处的虫子啄出来。

这片竹林已经有二十多年了，众多的竹子都已经病死、老死，竹子枯黄、灰黑增多，啄木鸟自然不会放弃取食的好地方。眼前竹林与屋前空地围墙一半高，与鸟平视，距离不到五米，由于竹子密集，位置不算最佳，还能看清基本特征。斑姬啄木鸟灰黑的尖嘴，圆黑的眼睛周围一圈白眉，头顶上橙红色，羽毛橄榄绿色，前胸白毛点缀着黄色及黑色，尾黑色，脚黑灰色。叩击时，头部来回摆动，警觉性高，除了观察周围动静，也要停顿休息稍作调整，为下次发起猛烈地叩击做准备。急促的敲击声十五下左右稍作停顿，换个位置，梳理一下羽毛，又回到原处敲击。持续十几分钟，也许是抓到了虫子，跳到别处，不见了踪影。据资料显示，啄木鸟每天要吃掉一千多条害虫，被人们誉为“森林医生”“森林卫士”。

不见啄木鸟，但闻啄竹声，山居又多了一位邻里。

# 山涧飞舞的蝴蝶

蝴蝶是儿时生态教育启蒙的开始，它那艳丽的体型，优雅的舞姿，美丽的翅膀，足以争夺世人眼球。

蝴蝶，是美的化身，梁山伯与祝英台化蝶的传奇故事，更是流传甚广，经久不衰。后人将这一美丽的故事，写诗谱曲，一曲“碧草青青花盛开，彩蝶双双久徘徊”世代传颂。历代文人墨客吟诵蝴蝶的诗词更是数不胜数。在昆虫界，蝴蝶也最能挑逗文人骚客的激情，也是“好色人”追逐的目标。

在蝴蝶家谱中，凤蝶、粉蝶最招人喜欢，不惧人，近距离都能抓着。它们在花丛中飞舞，房前屋后穿梭，不时地从身边飘来飘去。春暖花开时，将静止的花草，装扮得更加妩媚、婀娜多姿。

阳光出来，就能看见它们飞舞的身姿，阳光被云层遮挡，瞬间在眼前消失得无影无踪。原来蝴蝶是靠适当的温度起飞，气温低时它就失去了动力，有阳光就有活力，扇动比身体大好几倍的翅膀，展翅飞翔。

我们常常关注大型蝴蝶的美丽，小型的灰蝶、弄蝶却不被大家所关注，它们也与花相伴，在绿草中觅食，只是忙碌的身影无法与花草成正比，不吸引人们的眼球，还比不上蜜蜂在花中飞得耀眼。有些灰蝶、弄蝶确实不入眼，黑不溜秋，不招人待见。有些蛱蝶专吃腐食，专挑死去的动物、腐烂的水果吸食，漂亮的羽翅，美丽的身影，顿时黯然失色。

蝴蝶标本，装在木盒里，隔着一层玻璃观看，脚与脚、翅膀与翅膀左右对齐，排列整齐，非常养眼。

我充满着好奇，问过几个专业人士的制作方法，自认为简单，可尝试制作，便上网买了捕蝶罩、标本盒、镊子、插针等工具，体会一下捕蝶做标本的经历，制作完成一盒漂亮的蝴蝶标本，不求与人相比，只想展示自己。

在山上要抓几只蝴蝶是轻而易举的事，常会有蝴蝶误撞屋内。第一次用网捕了几只菜粉蝶，按照老师说法，将蝴蝶两翼折合，在身体的中心部位捏住致死，塞进手工做好的纸袋里，再放入塑料盒。蝴蝶到手，大功告成，想着回家开始蝴蝶标本的制作，窃喜。

下山后，事多一忙，蝴蝶要做标本的事忘到脑后，等想起此事，已经过了大半个月。抽了个空，摆好各种制作工具，慢慢打开纸袋，一看蝴蝶样本，顿时傻了眼。纸袋内蝴蝶已经干枯，一碰就碎，成了粉状，腿与触须断成无数根，要想做成标本，绝无可能。我只了解一点皮毛，与实质的制作方法相差甚远，想到前面还有很多我不知道的“深坑”，只好放弃美好的幻想，做到君子眼观不动手。

参观吴振军的标本室，他藏有蝴蝶标本千余种，大部分做成了标本放在盒内展示。家有冰箱、冰柜，装有采集回来的蝴蝶，来不及做的都要放进冷藏，等有空闲时才从冰箱里取出制作。能否做标本还要看天气，潮湿与干燥都有讲究。一天最快的速度也只能做几只，这是一件慢工出细活的手艺。做好标本放进盒里，还要长时间开空调，保持室内恒温，保管不好，就会脱粉变色。

做好一只蝴蝶标本，要有好的技术，还要有闲时、有雄厚的经济基础支撑及数十年的钻研积累。我算是领教了其难度，这些基本条件我都不具备，还是放弃了做标本的念头。飞到家里的蝴蝶有好看的，我将其直接钉在纸板上，让它成自然状态，随它去。

山里的蝴蝶，开春就从睡眠中苏醒。最早开花的桃树、李树，需要蝴蝶的帮助。它从花丛中吸取蜜汁，脚踩花粉，使潮湿的露水沾满了粉状，带到了另一朵花上，完成了动物与植物相互依存的奇妙现象，传粉，受精。

每个摄影人，都有追蝶的经历。蝴蝶不仅有华丽的舞姿，美丽的外表，奇异的种类，真正神奇的是裹着一身变幻无常的色彩，在不同部位产生的色块、线条的组合。冷暖搭配，色彩对比，黑白相加，将色彩原理运用到了极致。

经过千百年大自然的进化过程，蝴蝶艳丽的色彩，给人们带来了一份惊喜。除了人们常说的“蝴蝶效应”给人类带来的启迪，蝴蝶身上的色谱，更是美学中自然讲堂上的生动教材，冷色调、暖色调、中间色、对比色、荧光色等，在蝴蝶的身上都应有尽有。蝴蝶身上的色彩搭配，无疑是自然界最奇妙的完美运用。

我在怀疑，人类的色彩运用，是从蝴蝶身上偷学来的。

壹·美眼蛱蝶
贰·黑脉园粉蝶
叁·浓紫彩灰蝶
肆·斐豹蛱蝶
伍·银线灰蝶
陆·琉璃蛱蝶
柒·酢浆灰蝶
捌·菜粉蝶

陆

柒

捌

壹

贰

叁

肆

壹·麝凤蝶
贰·曲纹紫灰蝶
叁·沾边裙弄蝶
肆·碧凤蝶
伍·长标弄蝶属
陆·翠蓝眼蛱蝶

# 成蛾化蝶的毛毛虫

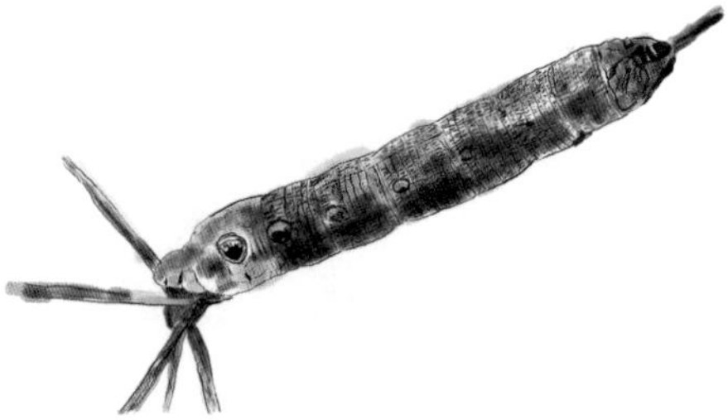

凉台上的瓷板拼接处，有一条明显凹进去的缝隙，时间一长，就藏污纳垢。风吹带来的尘土，夹着飘浮不定的植物种子，在污垢里生根发芽，茁壮成长，它们长不成高大雄伟，但足以光鲜亮丽。

从石板缝隙中长出的几棵大小不一，品种不同的植物，在灰色的地板上格外显眼。好几次想清除干净，但又不忍心下手。从冬季进入春季，从犄角旮旯里冒芽的植被春意盎然，有春入家门，是吉祥的好兆头，还是留着养眼。

人的认识改变，决定了事物的结果。此后清扫都小心翼翼，生怕伤枝损叶。

春夏交接，各种蝴蝶、蛾子由卵变成了虫。毛毛虫从隐蔽处纷纷钻了出来，吃完了树上的嫩叶，又转移到另一个战场，从高高的盆栽树叶上，转移到地面的绿色植物，开始了“除草”行动，地板缝隙处的花草嫩叶饱受灭顶之灾。

毛毛虫吃叶的速度很快，一株大小十几片的嫩叶，在一个小时之内扫光。大片的叶子可一口气吃净，休息消化片刻，十分钟左右换另一片，小片叶可连续进食，短时间内，一株像样的绿叶被轻松剃了光头，没了品相，剩下光秃秃枝条和少许茎根，估计难以存活。一阵扫荡过后，地面留下芝麻粒大小粪便，不见了踪影。

我见到毛毛虫就有弄死它的冲动。从小就被它蜇过，记忆深刻。秋后清扫凉台上的野草，地上的灰尘扬起，夹着各种昆虫留下的细菌，与汗水混合，身上就出现过敏、瘙痒、红肿，估计大多与毛毛虫留下的残留物有关。在野外，只要身上疼痛发痒，都会怪罪到毛毛虫。它那一身的怪异色彩及外部形状，让我极度不适。我强忍着怒火，看完它吸食绿草全过程。体深褐色，一丛丛的毛刺布满全身，多条脚能同时吸附在刀片式的树叶上，两片锋利的牙口将叶子剪碎，快速地塞进肚里，只见头部上下摇摆，吃完一段，整个身子同时往前移动，不慌不忙，丝毫不把主人放在眼里。我拿出木棍下手，拦腰切断，将其与吃剩下的杂草，一并冲入下水道，憎恨与喜爱同归于尽，眼不见，心不烦。

没了野草的凉台，少了一丝春意，多了些安定。

地板上的几片绿叶，毛毛虫在十分钟左右就可清除干净

# 绝地逢生

居住在山里，常常被对面山峦叠嶂、云山雾绕、霞光开幕、晚霞落幕的景象所吸引，被多彩的植被所感染，被活灵活现的动物所迷恋。

更让我惊奇的是无处不在的奇花异草，只要有丝毫的存活空间，都生长得生机盎然，充满着活力，给点阳光，就灿烂无比。高大的墙体间，光滑的瓦房上，坚石中的夹缝处，破旧的老宅里，都有它们的身影。与森林抢占阳光雨露，与鲜花争艳争宠。在不起眼的夹缝中，伸出顽强生命，使得不起眼的犄角旮旯里大放异彩。失色的老宅，因生命的出现而亮眼、惊奇。

真正的强者，会让荒芜之地鲜花遍野，让死水一潭也能鱼水并栖。

壹·农家庭院，不失幽静

贰·倒下巨大的身躯，成就另一种生命

壹·小草探出了脑袋，大地一片生机

贰·『离离原上草，一岁一枯荣』

叁·绿叶陪伴，老树衬托，到春天里露个脸

肆·绿叶枯萎，鲜花凋零，我依然本色

## 欺春霸秋的夏天

独留热浪大半年，
四季打破在夏季，
不按常理出牌，
欺春又霸秋。

# 欺春霸秋的夏天

夏天，万物肆意生长，爬山虎将墙面铺成了绿色的地毯，遮挡住强烈阳光照射，屋内的温度平稳舒适。

山区的气温又比城里低三至五度，很难描述准确的季节。如用听“知了”的叫声，判断春夏交接时间就比较合理。躲在泥土里、黑暗中的蝉虫，会选择炎热天气破土脱壳成虫，高温之下才会欢歌一曲，发音器才能奏出激扬的乐章。

在森林里，刚出土的植物，趁着不断升高的气温而奋力生长。使出浑身解数，为争取到日照，全然不顾瘦小的同伴，急于占领森林的最高端。

树边的竹子为了霸占领地，从地下发力，根茎四处蔓延，疯狂扩张抢地盘。当竹根连成片，盘根错节布局完毕，竹林独霸一方，其他植物就别想有生长的空间。细长的竹叶将天空遮挡得严严实实，见不到阳光进入领地，绝大部分植物无法生存，竹林里只剩下些稀少的灌木，稀稀拉拉不成气候。多数的植物在它的侵蚀下败下阵来，植物也遵循着“弱肉强食”的自然规律。

山野绿色变幻无穷，林木高低有别，高大树木靠着自己的努力赢得胜利，低矮的灌木林经过磨难，争得应有的生存权利，千百年进化的结果得以平衡。

我敬畏每一株生长着的植物。高大的树木遇上台风肆虐轰然倒塌，矮小植物却岿然不动，抵御着强台风的侵袭。2005年“龙王”台风横扫福州，众多高大的树木轰然倒塌，弱小的灌木却安然无恙地存活。大小并不能说明强弱，毕竟活着就是硬道理。

山里的动物，在森林的庇护下，活跃在各自领地。蛙、蛇、蜥蜴不时地出现在山居的周围。除“呱”与“知了”的喧闹声，大家都能安然度日。山里的老鼠不时进屋偷食尝鲜，胆大地钻空入室，留下些粪便，也没啥大碍。与人争食的是野猪，栽种的地瓜还没成果，就被它糟蹋得不成样，颗粒无收。

夏天的蔬菜长势最快，没等成型，昆虫大行其道，疯狂侵蚀，种下的蔬菜品种，大多与它们的口味相符，吃得青菜没了品相。瓜果更得蚊蝇的喜爱，被它叮咬过的果实从里烂到外。不打农药没菜吃，打了农药伤自己，陷于两难境地。

初夏时节，各色野花竞相开放，五彩缤纷像装饰在绿色地毯上的色块。成群蝴蝶、蜜蜂在花丛中忙碌，吸着花蜜，为其他植物传授花粉而辛勤劳作。

山不在高，有动物、植物陪伴就好；水不在深，山泉水够喝就行。

# 背着『房屋』行走的蜗牛

春夏交接，冷暖交替，又是一个梅雨季。

一场雨过后，平时躲藏在阴暗角落的小蜗牛，个个又恢复生机，背着房屋纷纷从犄角旮旯登场。凉台上，小小的蜗牛爬行在墙面上、水管处、水池边。一盆养了几十年的栀子花，今年长得特别旺，结满了大小不同的花朵，花香四处溢散，招引了众多的小蜗牛前来光顾。它们在树枝、树叶上来回移动，有些停留在花蕊里，一动不动，似乎被强烈的气味所陶醉。是闻香，还是为了幼芽汁液而来，看不懂它们的用意。毛毛细雨滴在树叶、花朵上，形成一个个水珠，闪闪发亮，积满了又落下，蜗牛般的节奏，慢吞吞。

蜗牛身体柔软，房屋永远背在自己身上，形影不离，也不嫌累。遇上拐弯抹角转身，螺房随着柔软的身子迅速转动，飘逸、潇洒。走路累了、吃饱了，碰上天敌，就随时躲进自己的屋内，让人羡慕。蜗牛比人好，走到哪都不为居住犯愁。

蜗牛腹面有长而扁平的足，借肌肉收缩而前行，不时分泌黏液，在薄薄的叶片上行走自如。尖嘴前有四个触角，两个小的触角。是它的鼻子，像是扫雷器，探测地面物体，判断前行道路。长长的触须，顶端处的小棒槌是眼睛，更像两根天线，可做360度的旋转，自由挥舞在前方探路，遇到各种障碍物轻松跃过。透明的肉体裹了一身黏性极强的黏液，贴着树叶如同刀锋的侧边都可行走自如，即使走在刀刃上也不会有危险。前后长短四条触角可自由伸缩，壳后面还有一条长须，控制着身体的平衡。透明柔软的身体更像橡皮泥，可随意伸缩变形，当受到敌害侵扰时，头和足便迅速缩回壳内，并分泌出黏液将壳口封住，自以为进了保险柜，万无一失。

蜗牛的天敌很多，鸡、鸭、鸟、蟾蜍、龟、蛇、刺猬都会以蜗牛为食。《昆虫记》一书有描述，萤火虫会注射一种毒素使蜗牛在毫无警觉时被麻痹，然后慢慢变成液体，供萤火虫享用。我没见过此番情景。凉台上经常有鸟类光顾，估计是被这些小蜗牛吸引来的，墙面也被鸟清理干净。

蜗牛具有惊人的生存能力，当外壳被损害致残时，它能分泌出某些物质修复肉体和外壳。对冷热、饥饿、干旱有很强的忍耐性。生活于阴暗潮湿的墙壁、灌木丛、树干，有时也见于山坡草丛。主要食植物的茎、叶、花、果实，尤其喜欢吃植物的幼芽和多汁植物，以及废纸、猪粪、植物残渣等。饥饿状态下还会互相蚕食。

五月的雨水多，一旦天气放晴，炎热随之而来，蜗牛不见了踪影。干燥的天气利于蜗牛，它们纷纷躲到阴暗潮湿、腐殖疏松的土壤、枯枝、落叶层和洞穴中。在凉台上一时爬错了地方或还没来得及躲藏就干枯的蜗牛，个个没了动静，外壳光洁透明，可以看见里面的软体，只剩一点黑乎乎的东西缩成一团，关闭壳口前的黏液，身子紧紧地粘在墙体上，不会掉下来。我取下一只看，整个蜗牛壳很轻，稍稍捏一下就成粉状。吊挂在墙角高处，鸟也看不见，够不着，时间长了，见不到雨水，慢慢风化，随风飘散。

判断蜗牛的死活，可以通过蜗牛壳确定。壳呈白色，蜗牛已经死亡。如果蜗牛壳很新鲜，身子在里面，壳的洞上还有一层白色的膜，那么蜗牛没有死而是在睡觉，等待下一场雨水的来临。

地球在慢慢旋转，蜗牛在慢慢地爬行，时间不紧不慢过去。人类与地球比渺小得很，与蜗牛比又高大无比，与时间比又太慢，与寿命比又太快，百年弹指一挥间。人们在追逐快节奏的生活，又向往慢生活的快乐，总在快与慢中纠结前行。

壹

贰

叁

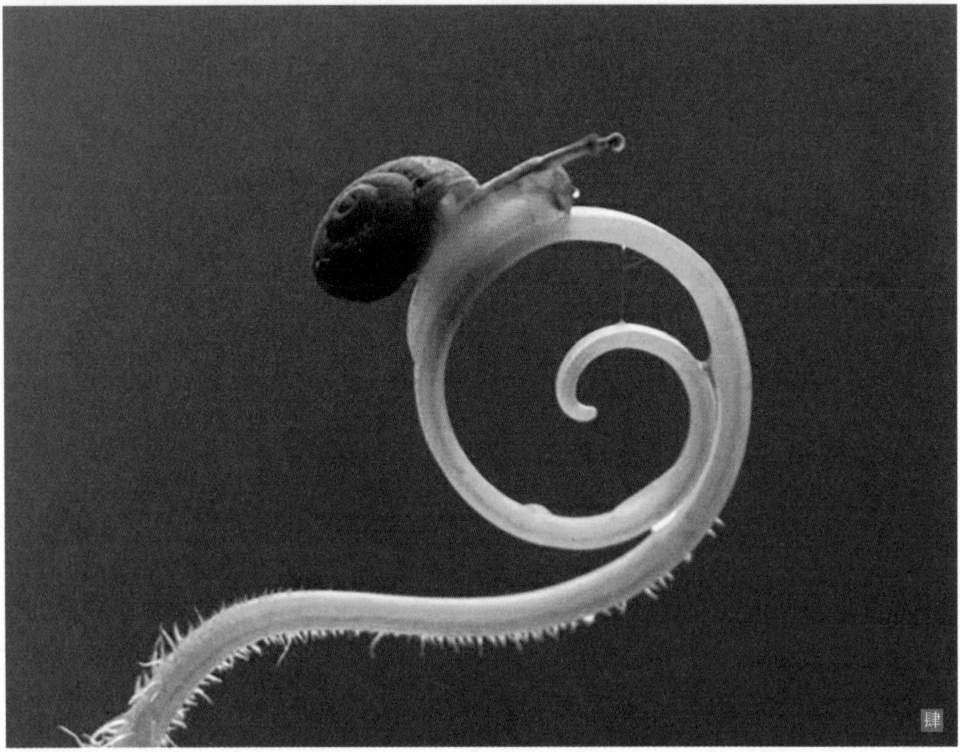
肆

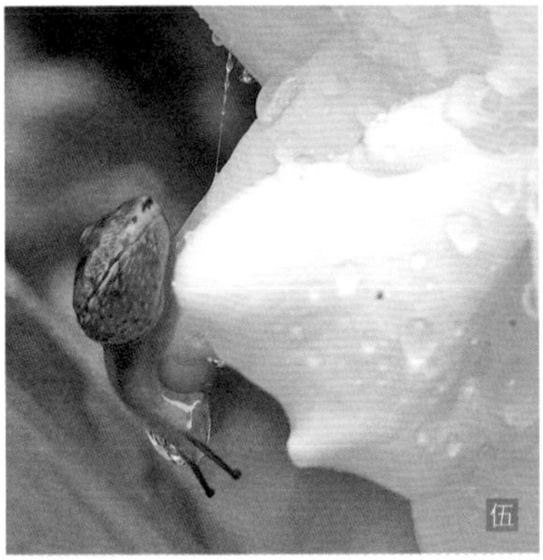


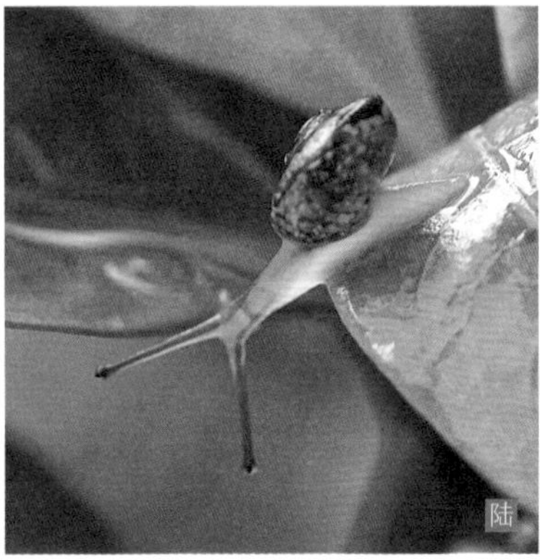


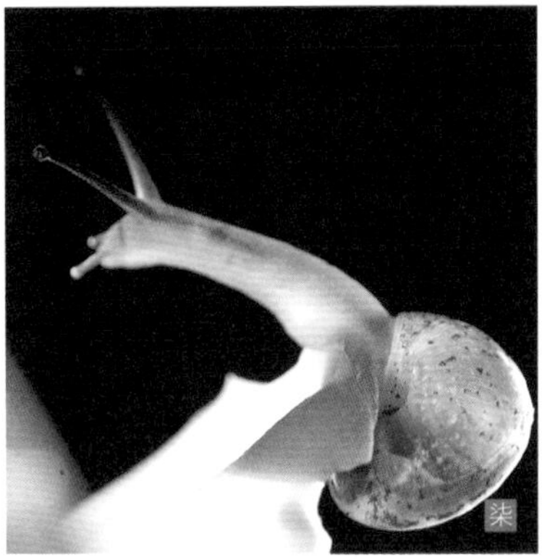

壹·凉台阴湿的一角，是小蜗牛藏身之处

贰·在菜园、庭院等阴暗潮湿的区域，经常能看见它们的踪迹

叁·植物上总能发现蜗牛的身影

肆—捌·在瓜果、爬藤上，它们行走自如，背着『房屋』行走的蜗牛

# 高调出场的知了

在山上生活，只要听到知了的叫声，预示着夏季正式开始。

炎热超出人体正常的体温，让人心情焦虑烦躁不安。外面鸣叫的蝉虫，更是“热啊、热啊”，开始它们一天撕心裂肺地狂叫。

中午时分，是气温最高的时段，蝉虫更是亮出最高的音部，一蝉开声，众蝉呼应，以点带面，连成一片，高、中、低音齐鸣，蝉鸣交响音乐会正式拉开大幕，整个森林吵翻了天，直到天空降下黑幕，才慢慢地消停。没有阳光的照射，气温下降，露水滋润着森林，才堵住了蝉虫的鸣声，大山恢复了一天的安宁。

知了的科学分类是蝉，全世界有2000多种。雄性的腹部有发音器，雌性的没有。最让人惊讶的是，它们幼虫在地下存活一般几年，甚至十几年，地下存活时间均为质数，在地下的这段时间里，它吸食树木根部的液体存活，然后在某一天破土而出，凭着生存的本能找到一棵树爬上去。蝉蛹要经过几年缓慢生长，长久的能量储存，才能爬出地面，“蝉不知雪”，夏天生，秋天死，看不到雪。在阳光下只能存活六七十天，一生大多数时间在黑暗中度过。在地底下长久地黑暗生活，刚出土见到外面的阳光，便是闪亮登场，高调亮相，几个月的光明日子，足以让知了有尽情高歌的充足理由。

狂鸣的知了是为争夺交配权，声音越大证明自身强大、体格健壮，吸引异性的注意。在森林中不知天高地厚，在城里也不知收敛，高分贝的声响超出了城市规定的噪音，生活在城里的乌鸫、鹊鸲等大一些的鸟类，也不会放过这个果腹的美食，听到蝉虫发出与平常不同的怪异声，一般都是被鸟捕捉，死亡之前的最后惨叫。

常言道，“做人要低调”，何况一只小小的知了。在这个危机四伏的山林或城市中，光靠自身的一点伪装，厄运难逃。

儿时常抓这种鸣虫，也许是它的叫声，吸引着我对它的喜欢。采集只要一根长长的竹竿，到阴暗破旧的屋檐下找几张蜘蛛网，丝网会有黏性，用细细的竹子顶端将丝网缠绕，再沾上水打湿，竹尖处将网丝搓成一团，两只手指来回捏，就会产生高度的黏性。在没有水的情况下，嘴里的唾液也能完成丝网的黏合。趁着黏稠物没干尽快使用。高高的树上，一根长长的竹竿，慢慢靠近知了的翅膀，只要粘上，就别想脱身，越是挣扎，黏合得越紧，逃脱概率很小。蜘蛛就是靠这张有黏性的网捕捉比它大几倍的食物。

没有蜘蛛网，用黄油也行，一团厚厚的黄油涂在竹尖上，黄油黏到知了翅膀，增加了重量，它无法扇动轻薄的翅膀，只要飞行，一头栽落到树下，“扑腾、扑腾”翻滚，没了起飞的能力，只能垂死挣扎。

知了是美食，用火烧烤熟后，味道极其香美，算是野味的一种。不知哪个吃货盯上了知了，一套吃了对人体有益的广告语铺天盖地——“蝉含有丰富的蛋白质，美味可口，能治百病，吃了长命百岁，对人体有益”等等。中国人都愿意尝试，宁可信其有，不可信其无。

中国是个讲究吃的大国，各种动物、植物都能在餐桌上呈现。越是新奇古怪的物种，越能吊足中国人的胃口。生吃、活吃、难吃、有毒无毒通吃，在大料的作用下，再恐怖的动物都能转化成美味。

中餐烹饪讲究的是艺术，烹制食物随意性很强，完全凭个人的喜好，更像画派中的“抽象画”。西方吃的食物有限，烹饪讲究科学，多少食物用多少克的配料是计算好的，按克数投入烹制。中国很多教做菜的书中，学西方的做法，做食物标明配料的克数，但它没说灶台上要放上一把秤，根据食物种类分配原料，让人一头雾水，摸不着东南西北。

近年来，山东、山西、河南、河北等地抓捕蝉虫做餐饮的现象成风，吃货兴起了吃知了的热潮。一斤知了要卖到上百元的价格，是一道上档次的菜肴。有报道，浙江永康人总共一天要吃五吨的知了，导致蝉虫的数量急剧下降，有些地方已经听不到蝉声，蝉虫面临着生存危机。值得庆幸的是，我居住的山村没传染上这种嗜好，蝉虫长鸣，高歌猛进。

我见过蜘蛛吃知了。在山林的一次拍摄中，风平“山”静，只听见脚踩着枯叶、干枝发出撕裂的声响，周围一点响声都能引起警觉。突然不远处传来“扑腾、扑腾”的响动声，顺着声音走近一看，是鸣蝉落入了蜘蛛网，硕大的身躯正在奋力地扇动两片透明飞羽，拼死挣扎着。一只鬼面蜘蛛正在网上一角，静静地注视着眼前比自己身体大几倍的落网者，当蝉挣扎稍有停顿，它会迅速上前，围着蝉身体快速转圈，从尾巴拉出强力黏性蛛丝，加固缠绕入网的战利品，然后又快速闪开。蜘蛛深知，当蝉缓过劲来摆动，它那弱小的身躯是经不起那强有力的翅膀扇动，命归黄泉也有可能。蜘蛛采取的是快速缠丝，快速离开的策略，等待它精疲力竭。反复挣扎一个小时后，蝉尾部流出乳白的液体，生命终于走到了尽头，留给了蜘蛛一餐丰厚的美食。这个月的口粮应该不成问题，营养丰富的高蛋白，足以让蜘蛛充足能量。

蝉献身给了蜘蛛，森林少了一曲歌声，另一个生命得到延续。蝉的乐曲，并不能带来所有动物的赞许，高歌鸣声，也可能是死亡的诱因，自由飞翔时，难免会落入蜘蛛布下的大网。自然界的弱肉强食，并不一定如此，也有例外。看似安静的山林，危机四伏，一个物种的存在，就是自然界生物链不可缺少的一部分，每个物种的出现，都需要另一个物种维系生命，森林中演绎着自然生存的法则。蜘蛛捕食蝉虫，只是维系生命的自然规律。

山里今年出现了奇怪的现象，往年从六月开始，蝉虫就叫声不绝。如今，已经进入八月，离立秋只剩下几天，知了明显少于往年。叫声寥寥无几，山里似乎安静了许多。但城里的知了似乎比常年多，山里的知了都下山了？常见的黄蜂、叶蜂、泥蜂等昆虫以及蛇、蛙都少了许多，开春能见到许多物种，夏季变少了。

人类是地球上最强势的物种，可取万物为己所用，一旦触碰到生物链底线，也将成为弱势。水能载舟，亦能覆舟。

蝉鸣声声诠释夏的酷热

壹

贰

叁

肆

伍

壹·珍惜蜕变，拥抱希望

贰·不幸落入了蜘蛛布下的陷阱，强大的躯体，成了弱小蜘蛛的美食

叁·换个角度，知了的形态一目了然，失去了与树皮相近的色泽

肆·海南音蝉

伍·草蝉

陆·窄瓣螂蝉

柒·黑丽宝岛蝉

# 在丝网行走的蜘蛛

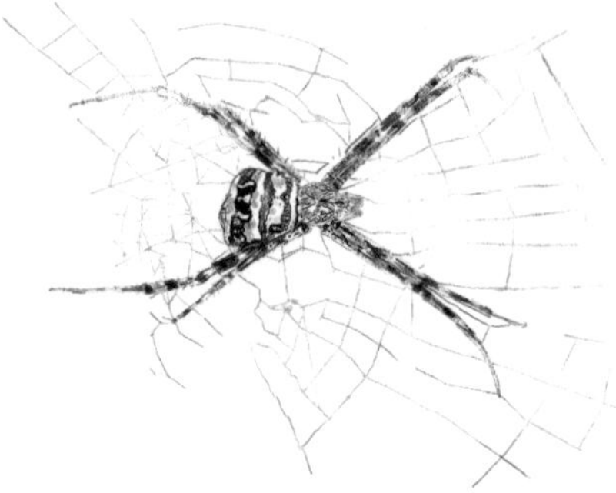

不知何时，到凉台上洗漱经常被蚊虫叮咬，一不小心，腿上就冒几个红包，又痛又痒。风油精抹上去，也不管用，不知是药力不够，还是蚊虫毒性更强。

小小的花蚊，身子细小，体下段为黑白分明的线圈，细长的脚扛着身子，长嘴吸管如同针头，只要被叮，几秒之内可将毒液射入体内，吸取血液，短时间疼痛，长时间症状难消。

这种蚊子专找人不容易发现的部位叮咬，一旦被盯上，全身抖动也驱赶不走。当出现痛痒时，它已经吃得肚子滚圆，一巴掌拍下去，血液四溅，肉体模糊，分不出蚊子的原样，顿时一阵快感，解心头之恨。

经常被咬，终于发现蚊子出没的源头，是

凉台一角摆放的大水缸。因长期不用，只当摆设，装了半缸的雨水，久而久之成了污水，给蚊虫提供了最佳的栖息地。缸里的蚊虫进出自如，里面有许多孑孓在污水上下翻腾，快活得很，蚊子见人就叮咬，毫不畏惧，凉台方圆几平方米，都是它的领地。

水缸是老沈二十年前送的，他没地方摆放，就给了我。老沈是个画家，对文物有一定的研究，他说水缸有些年代，算是古董，有文物价值。我没看出啥名堂来，只是想放在凉台上当一件摆设，有欣赏成分，也有补缺补漏的意思。

在农村的大宅院，大户人家的“四水归堂”院中央，都摆放着一口大水缸，据说有调节气温和净化空气的作用。这个说法有点虚，看不见摸不着，我认为主要的功能还是防火之用，过去农村房屋大多是木质结构，一旦失火，取水便捷。年久不动，水缸也都成了文物。

找到了被困扰的源头，心中窃喜，立刻找来杀蚊的利器“杀虫气雾剂”。一个喷雾下去，缸里蚊虫倒下一片，个个漂浮在水面上，几只顽强的还能扑腾几下，最后还是落入水中死去，缸里孑孓估计也经受不住人类发明的毒气。

没过多久，缸里的污水净化了杀虫的毒气，蚊虫又大行其道，继续繁衍生息，叮咬人比过去更凶狠。原来浮在水面上的蚊子被灭了，但在水下的孑孓并未受到危害。几天后药力消失，幼虫又变成了成虫，反复喷杀几次，都无法根除，治标不治本。蚊虫生命的顽强，出乎预料。

从手机上看到一则信息，用洗衣粉可灭蚊虫，立马尝试。取来家用大袋的洗衣粉倒进缸里，用长棍使劲搅拌，毒不死蚊子也能搅晕呛死。好景不长，没过几天，洗衣粉沉淀在缸底，孑孓又在水中上下摆动，扭动柔软躯体游动，似乎在宣示，在炫耀，伤害不大，侮辱性极强。

洗衣粉灭蚊子，微信中得来的信息，不知是谁发明的“微信”这个名词，事先告知，只能微信，微微信点，不可全信。错不在微信，是自己智商低下，相信已经告知的鬼话。

从此，微信里的任何信息，权当玩笑。我分不清是非，转发的段子逗个乐。有人问，真的假的，我就会告知，“微信”，不可全信。

正当我一筹莫展时，蚊虫的克星蜘蛛来了。不知何时在蚊虫出入缸口处布置了一张大网。蜘蛛不大，比花蚊大些，在网上爬行自如。有东西触碰到网上，就会立刻扑向猎物。蜘蛛大多数时间在网中央守株待兔，便于快速出击。遇上危险，便躲在缸边一角，收紧长长的蛛脚不动。蜘蛛靠网中的振动判断猎物，我用木棍试了几次，不见它出击，不上当。触碰丝网轻重，也许蛛网会发出特殊的信号，是蜘蛛判断猎物入网的重要信号。

奇怪的是，网的布置并非在缸口平面上，而是竖网而布。站在缸边仔细观察几日，发现蜘蛛布网的秘密。平面布

网，蚊子上下进出都会落入网中，短时间蚊虫将被消灭，但随之食物终结。侧面布网，蚊子进出自由，部分蚊子触碰到网上，成了蜘蛛的食物。 蜘蛛不大，一天有几只蚊子，便可填饱肚子，维持自身的食物能量。蜘蛛给蚊虫留下了放生的空间，是给自己留下生存的食物来源。蜘蛛考虑是长久的食物来源，并非短期行为，是在按照生存法则长远布局，是本能的一种。

没过几天，壁虎也来了，在白墙上来回爬行，蜻蜓也飞了进来，白头鹎也不时地光顾，生物链慢慢形成。我受蚊子的侵袭依旧，从缸里逃脱出来的蚊子，不会因为其他物种的到来，而减少对人的攻击。

蚊虫多产，处在最底层生物链中，在地球上存活，一半是为自己，另一半为其他物种生存而献身。蜘蛛的到来，用独有的智慧，占据了有利的位置，可独享蚊子提供的大餐。但好景不长，又引来了蝙蝠、蜻蜓、鸟类的光顾，蜘蛛也成了上层物种的口粮。乐极生悲，喜剧演成悲剧。

突然有一天想到，为什么不将水缸的污水清除？没了水，就没了蚊子的生存条件，也就没了蜘蛛、壁虎、鸟。我不讨厌除蚊子之外的动物，但我无法容忍蚊虫侵扰，它还会传播各种疾病。我奋力地扳倒大水缸，清除里面的污水，脸盆扣盖几日，从此不见蚊虫踪影。

大缸依旧，没了污水，几年的困扰、折腾，几分钟就清除了。迷糊了几年，顿悟一瞬间，从此凉台平安无事。

壹·成了蜘蛛的美食

贰·新园蛛

叁·短尾黄蟌乐极生悲，落入蜘蛛网中，难以脱身

肆·猫蛛属

伍·蟹蛛属

陆·挂满了小水珠的蛛网，像一串串珍珠。

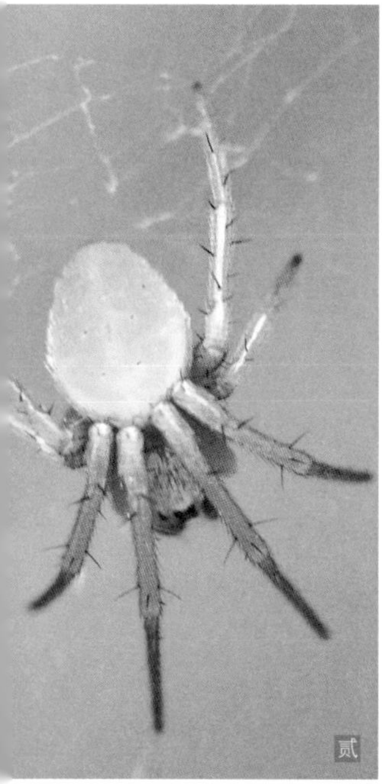
贰

叁

肆

伍

陆

屋内经常会有些不请自来的不速之客，进来容易，出去就难了，每个星期都能从屋里扫出各种昆虫，蝽虫居多

# 昆虫の族

福建称“闽”，分解出门里面的虫，出不了门，就如一条虫，没啥用。出了门是大虫，如虎（东北人称虎为大虫），个个虎虎生威，有声有色。

出不了门的虫也不错，昆虫多就说明生态好，自然环境优良。有一年到尼泊尔去采访，主人安排我们住在一个风景区里，周围植被茂盛，绿水常青，花开四季，鸟语花香。晚上睡觉两人一间，水泥屋与外界隔开，景区的房屋内，湿度较大，被子有些潮湿，我穿着睡衣钻进被窝，隔床的是厦门新闻单位的老总，清晨他惊叫着从床上跳了起来，从被窝里摸出了一条硬邦邦的多脚昆虫（有点像蜈蚣），大呼受不了。他喜好光着身子睡觉，活活一条虫，与他温热的肌肤亲密接触了一晚，付出了生命的代价。

我从生态的角度分析昆虫多的好处，它能进屋，又与你亲密接触，是友好的象征，是欢迎你这个远道而来的客人。能与你共度良宵，这是缘分，虫子想与你亲热，没想到你太热情，没有给它表现的机会，活活被你亲死，它到哪说理去。刚学到一点生态常识，一通胡侃，使他惊恐的表情有所缓和，愤怒的情绪得到缓解，要找宾馆投诉也就算了。

昆虫，是自然启蒙教育的开始，各种美丽、可爱的昆虫都是学前的教材。色彩斑斓的蝴蝶，采花的蜜蜂，吐丝结茧的蚕虫，夏日高歌的知了，消遣取乐的蛐蛐，夜晚发光闪烁的萤火虫，形似飞机的蜻蜓，高举大刀的螳螂，还有令人讨厌的苍蝇、蚊子、蟑螂等等，与我们的童年，形影相随，密不可分。

有数以千万种昆虫的出现，就有它存在的理由。与人类一样，享受大自然的恩赐，分享着万物同等待遇，昆虫是自然界生物链不可缺少的一环。虫吃茶，鸟吃虫，人吃茶，生态平衡一环扣一环。人类为了多收茶，开荒种地，鸟没了栖息地，原有的环境破坏，只有虫与茶的关系，茶在人没品尝之前，虫就捷足先登，大饱口福。人种植享用的食物，岂容虫口中夺食？于是发明了种种绝杀农药，赐茶虫于死地而后快。茶没了防线，看似光洁完美，但毒药伤及人类自己。

昆虫身怀各种绝技，是经过千百年的演变而至今日。比如，它五彩缤纷的躯体进化就并非一日之功。从科学上解读，昆虫根据周围的形态及环境色彩进行演变，形成特别的伪装外衣，许多昆虫混入自然环境中，用肉眼很难辨识，这是它们修炼出的防身本领，身躯的形状及其色彩是躲过天敌的最佳选择。

地球允许人与自然和平相处，有着明确的共同生存法则。人与动物是架放在悬崖绝壁的平衡木，一方失衡另一方也将落入万丈深渊。人的智商比动物高，动物靠的是弱肉强食争取生存权，人类靠发明自然界没有的物质消灭敌人。自然界里的物种只要人类看不顺眼，都将是被铲除的对象。人类站在主宰万物生存的制高点。

平衡是双方共同的生存条件，主宰生存权是地球说了算。如果不注意保护地球，到那时我们只能说，人类曾经属于过地球，地球将永远不会再属于人类。

福建的森林覆盖率达66.8%，位居大陆首位，空气质量当然也名列前茅，说明生物多样性相对较好。中央电视台的广告语是“清新福建欢迎你”。也许老祖宗能掐会算，取“闽”意义深长。

我在山里居住，与邻里昆虫相处，共同谱写生命的乐章。

壹

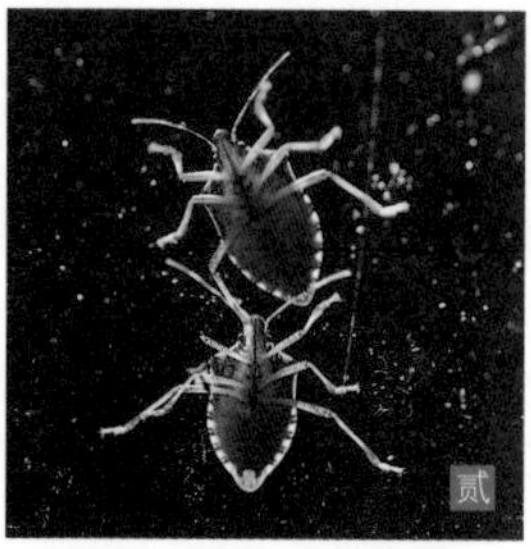
贰

叁

肆

伍

陆

柒

捌

玖

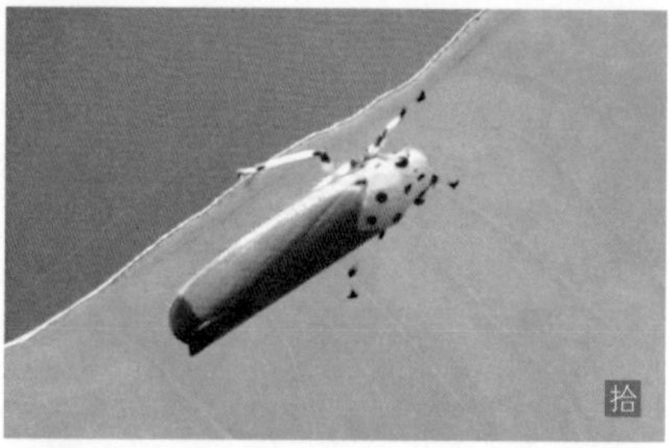
拾

拾壹

拾贰

壹·蜜蜂

贰·蝽科

叁·眼斑螳的若虫

肆·象竹虫

伍·蝶角蛉

陆·龙眼鸡

柒·卷象科

捌·荔蝽（盾蝽科）

玖·不仔细看，当是哪个树枝落下的小花

拾·黑尾大叶蝉

拾壹·叶甲科，专吃菜叶，属害虫

拾贰·丽叩甲

拾叁·螽斯

拾肆·蝇

拾伍·黄守瓜

拾陆·食虫虻

拾柒·缘蝽

拾捌·姬蜂

拾叁

拾肆

拾伍

拾陆

拾柒

拾捌

壹·豆长喙天蛾

贰·拟星天牛

叁·中华刀螳

肆·竹节虫

伍·《大竹象》（水彩画）

# 冷血游灵——蛇

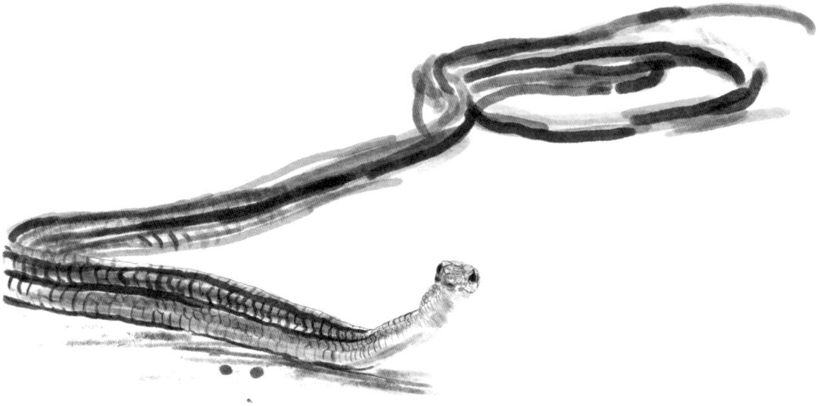

在所有动物里，我最怕蛇。

那个年代，生态环境比现在好，碰见蛇是常有的事。可每次相遇，就会本能地紧张，头皮发麻，惊恐万分。是对蛇身上的斑点花纹，还是长长的、扭曲的身体不适，我也说不清楚。不怕蛇的人少，据说原因是怕的人大多活了下来，不怕的人大多被蛇咬死了，每个人都有一两种惧怕的动物，都不一样，是生来就有，还是后生偶然，没有考究。

小点的蛇，还能对付，绝不手软。遇到稍大些的蛇就会吓得拼命逃窜，生怕被咬。等回过神来，又回头寻找，挑战心与好奇心并发，一旦发现蛇还在原地没动，没有对自己构成危险的举动，就会到处找石头对其发起进攻。往往第一次石头砸过去，只要伤到其要害，就会进行下一拨的攻击，调动全身亢奋的神经，对其轮番打击，石头、木棍并举，置其死地而快。战胜恐惧，赢得胜利，得意之情难以言表。

一般情况下，有毒的蛇都跑得不快，牙内藏毒液，自信得很。无毒的蛇逃离快，知道自己没有防身武器，逃窜的速度自然要快。刚进山时，周围常常有蛇出没。屋檐下只要有空闲的石洞，都是它的藏身之地。夏日天气炎热，石头台阶横趴着乘凉，挡着行人过道。菜地、杂草丛中，经常游弋穿梭，探头探脑，全然不顾人的存在。

晚上是蛇觅食的时间，不带个手电，不小心踩到有毒的蛇，那这位邻里绝不会对人心存慈悲，回头一口，魂归绿水青山，死无葬身之地。

村里有一老妇在家被蛇咬，自己搞了些草药涂抹在伤口处，几天后，蛇毒攻心，不治身亡。同在一村，不同的山头，农村的死人并没那么惊天动地的响声，悄然来到这个世界，又悄悄地离去，人们似乎没有更多的惊奇，淡淡的一句：蛇进家，去打它被咬，自己搞了些草药，涂了不行，几天就走了。似乎是自己倒霉，并不责怪蛇的过错。

长期生活在山里，动物与人伤亡司空见惯，人吃动物是常态，动物伤人是偶发事件，碰上了只能怪自己运气不好。听说蛇也被打死了，也算一命抵一命，有邻里陪葬，到阴间去找阴师判是非了。

山居周边的蛇，没有感觉到人类对它的威胁。我是后来者，侵占了它的地盘，理所当然地进出自由，要愤怒的应该是它们。还有一种可能，因人的居住，给老鼠提供了食物，给蛙提供了充足的水源，老鼠与蛙是蛇的食物来源，自然就聚集在一起，各自找到藏身之处，繁衍生息。蛇鼠的到来，食物最高端的猛禽也到屋内停留过夜，蛇雕在天空上盘旋，一群动物朋友不请自来，完整的生物链逐渐形成。

有一天，捕蛇人来了，在我房屋周围转了一圈，就发现了蛇的藏身之地。蛇躲藏在屋檐下花池里的石缝内，每天生活在同一座房屋，我们住上层，它住屋底，各自相安无事几年，只要你不惹它，蛇也不会招惹你，各自不常相见，可一旦知道了，不打招呼还同住一屋，心里便有极度不适感。

捕蛇人三下五除二就将其捉拿，放进了早已准备好的蛇皮袋中。我很好奇地问是如何发现它在洞里的，蛇农说：“看洞口处，石头光滑，就是蛇爬过的痕迹。”蛇有蛇路，鼠有鼠路，各有各的路数。捕蛇人满载而归，卖到酒店有几百元的进账。我怕蛇，帮我除去隐患，各自皆大欢喜。

壹·即将蜕皮的王锦蛇，从洞里出来，爬上干燥的杂草堆里晒太阳

贰·一个丢弃的木柜，成了乌梢蛇的躲藏之地

叁·紫砂蛇，个头不大，极度凶狠，微毒

壹

贰

叁

# 门前有棵杨梅树

盛夏来临满枝挂，风雨过后地下鲜

家门口的杨梅树，与山居同龄，算起来也有二十多年了。

杨梅树每年都结出不少的果子，开始几年还有兴趣去摘下来泡杨梅酒，自己喝，做给别人品尝，吹牛有话题，炫耀有资本。

做成杨梅汤，放在冰箱里，打完球喝上一碗，痛快之极。听说杨梅性温，属热性，我属热质体，也就逐渐放弃了喝杨梅汤的意愿。

随着树越长越高，杨梅都长在几人

高处，很难够着，要摘还费很大的工夫。夏季天气闷热，如遇上雨天采摘杨梅，汗水从里往外湿，雨水从外往里透进，里外夹击，混在一起，也分不清是汗水还是雨水，衣衫湿透。总之，种树麻烦，摘果子也不省心，这几年就没人去动它，随它熟后自然落地，染得地上红彤彤一片，招来了不少的蝴蝶及昆虫过来觅食。掉落在地上的杨梅熟透了，很甜，似乎没看见鸟吃杨梅，查了有关资料，也没见相关说道。

门前的这棵杨梅树算不上野树。是前几年乡里扶植农民栽种的。据说乡里为增加农民收入，免费提供树苗，不用花钱就能拿到果苗，长大还能结果赚钱，自然吸引了村民的积极性，争先恐后地在自留山里栽下这些“摇钱树”，都在等待树上生银子。几年过后，杨梅开始结果，吃起来太酸，一般的人难以承受。品种应该没问题，因土壤、水质、环境的影响，种下去的是“龙种”，出来时变成了“跳蚤”，大失所望。

新的杨梅品种上市，又大、又红、又甜，品相也不错，看着都垂涎三尺。山里种得又小、又酸的杨梅，从此落入深山无人问津，与杂树为伴，被遗忘在山中。久而久之，基本可以列入原生态之列。是人工栽种，在自然界混了些年头了，算不上纯生态，只能算半生态。

外来的杨梅品种，进入大陆市场种植有十多年了，赢得大众的口碑，土生土长的杨梅黯然退出市场。有一年路过莆田地界，杨梅大棚就种在国道边上，熟透的杨梅又大又新鲜，看得人口水直流，采摘后的成熟杨梅放在路边上直销，过往的司机、游客都会停下来买些尝鲜，虽然价格不菲，也无法阻挡掏钱购买的欲望。我也没逃过诱惑，停下车混进购买人群中，正要过秤，发现不远处的杨梅种植园里，有人背着喷雾器在果上喷洒灭虫药，路边还摆放着各种成分药用纸袋说明，顿时让我吃惊。起码连弄虚作假的过程都没有，直接当着客人面喷洒农药，实属罕见。

难道是想广而告之：打药的杨梅，吃了有补，有病治病，无病防灾。喷洒的农药，当成食物添加剂。人类从未缺少创造，害人害己的创意更是层出不穷。

早年人们对农药还没有特别的敏感，农药当配料，理所当然。从那以后，我就没吃过这类又大又好看的杨梅。想想山里杨梅品相虽然差些，有点酸，但确保没打过农药，属无毒放心产品。

这棵杨梅树，因开山建路，树挡道需清除，花了十五元钱，从百米地处雇了三人抬上来移种，至今也有二十多年的树龄，多出的树枝修剪过好几回，如今还在疯长。杨梅没有往年多，东边被竹林遮挡，不结果，靠太阳落山的西面，结满了由青转红到变紫色的杨梅，高高地挂在空中，自然生长，随意落地。

杨梅树，如今成了一道亮眼的风景，守望着山居的路口。

壹．杨梅树下，遮阳防暑，待客场所

贰．由青转红，还是酸味十足，只能望梅止渴

叁．从青色逐渐向淡黄色、淡红色、红色、深红色转变

肆．红色，颜色鲜艳，垂涎欲滴

伍．来访的客人，搭梯采摘，乐趣大于食用

陆．一阵大风吹过，杨梅铺满地

肆

伍

陆

生长在阔叶树朽木上的黑木耳，初期为红褐色，干燥后深褐色或黑色

# 山珍·蘑菇

2014年，突发奇想要做一本《中国蘑菇图鉴》。查了一些资料，显示只有千余种，想想数量不多，工程也不大，开始了山中蘑菇的前期了解与拍摄。

从山居的周边开始，踏遍了附近的几座山头，数量与品种都不多见。靠近村边，树林都被清理了多次，人工种植的经济林，有毛竹、杉木、杨梅树等，还有开山造地的痕迹，森林的植被环境不适合蘑菇生长，大多是常见的菌菇。

二十年前，山里突发过一场

山火，烧了几天，周围几个山头都有过火，原本茂密的森林，看不清里面的状况，那一场大火，将整个山头暴露无遗，绿色变成了黑灰色，剩下还没烧尽的树木，黑不溜秋地杵立在山中，孤立无援，场面十分凄凉。常见的野猪、山麂、野兔、雉鸡不知是被烧死，还是躲去更远的地方，夜晚都没听见它们的叫声。

新的山林正在恢复，需要长时间的腐叶积淀过程，才会有菌菇。

入伏后山里的蘑菇，就会慢慢地从泥里、草堆、枯死的树干中冒出来。五颜六色、五花八门、大小不一，在大自然中争得一席之地。它们从又脏又乱中展现自己独特的魅力，洁身自“傲”，将“出淤泥而不染”冠名给蘑菇，一点也不为过。

蘑菇出土，并不是所有的树林、草地都能见到，需要在特定的环境、适合它生长的自然条件下才能见真容。我周围的山林中，能见到从泥土地长出菇的还真不多。茂密的森林、腐烂的树木、阴湿的环境有可能是菌菇生长的必要环境。

天气闷热，突然下一场大雨，菌类在高温的催促下，从土地、草中、腐烂的树干中冒出来。有些高大的树洞中，也能见到一串串、一排排的蘑菇，队列整齐，高低有序，有的细长挺拔，亭亭玉立；有的粗壮均匀，体态丰满，生长旺盛，化腐朽为神奇。

倒地的粗大朽木，更是树菇生长的佳地。烂木中，树菇褐色体中带圈，为白色或暗红色块，一排排地相依在一起，在灰黑色的树干中尤为突显。发现它时，大多都失去了原色，虽保留了鲜艳痕迹，美观大打折扣。我猜想它们从腐朽的树干冒出来，时间短暂而又急促，到达高峰随之开始了枯萎。没雨水滋润，天干物燥，瞬间走向衰亡。在炙热的阳光下，褪色，干枯，消失得无影无踪。

落地的小树枝上，长了些像指甲盖般大小的白色小菇，在树林中连成片的小白点，干净纯洁，丝毫没沾上腐朽的木屑。捡上一枝细看，每个小菇伞状，与其他的大型蘑菇形状并无差别，在逆光下，钻石般晶亮，伞状纹路清晰可见，整个蘑菇通透，一览无余。

在村里不远处有座寺庙，叫林阳寺，在福州算是规模较大的寺庙之一。经过几年的扩建，已成规模的寺庙群。终年香火旺盛，香客络绎不绝，许多离奇传说，增添了寺庙的神秘感。灵验是寺庙生存的根本，众信徒宁可信其有，不可信其无。我不信神，更没兴趣去关心寺庙的神事，寺庙所在地，没人敢到此地撒野，周围森林植被保持较为完好，估计会有些特别的蘑菇种群出现。

林阳寺周围林木算不上原始林，充其量只能算是次生林，但比其他的山头植被要好得多。在进寺庙的右手边头上，就有大量不同种类的菌菇出现。说来也奇怪，只有这座山头特别多，周围的几个山头都未见菇的踪影。更奇的是，只有这一年蘑菇最多，后面几年去找，都零星分布，种类稀少。我在想，这山与其他山区别也不大，是阴湿的关系，是阳光照射的缘故，还是大小年之说，与年景有关。几年的观察，只见稀少的几种类型，大多深藏不露，不见了踪影。

后来这个山头又重新修整过，上山重修了一条栈道，动作还挺大，是否惊动了“菇神爷”，有待研究。在神庙的地盘中，往神力中去想，能解释得通，免得纠结，心理平衡就好。

那一年收获了几百种的蘑菇，我开始怀疑只有上千种数量的说法不靠谱。有些蘑菇长得差不多，从外形看没多大的变化，翻开伞盖，背光的形状与色彩都有很大的不同。如果要做成图鉴，正反面都要拍摄到，否则只看外表，根本无法判断真伪。

收集多了，自己也搞得稀里糊涂，前面拍摄的与后面拍的已经分不清是否同类。每次拍完后，整理归档是个相当艰巨的任务，比拍摄的时间还要多。拍摄是愉快的享受，整理则是头昏脑涨的烦恼。长时间不整理，就更不愿意碰及，一锅粥，更分不清谁是谁。

我开始将蘑菇进行大分类，按照地菇、树菇、草菇分成三大类，有利于将拍摄的图片细化。虽然分不清具体的种类，肯定会有很多的重复，但比一锅粥清楚多了。在拍摄时要首先了解、观察是哪种菇。树上长出来的蘑菇会好分辨些，泥地长出来的蘑菇与草菇混杂在一起，不仔细看会出现误差。

中国面积辽阔，地大物博，地理差异巨大，森林环境各有不同，蘑菇的种类千差万别。从生态角度来看，蘑菇是衡量生态平衡的重要标志之一，是分解枯枝败叶、增加有机质分解的重要物种，它们与森林共生，相互促进。如果大量的蘑菇绝迹，说明环境污染严重。

除了蘑菇，还有其他菌类，如黑木耳、灵芝之类，都对森林有至关重要的作用。一般来说，色彩艳丽的蘑菇都会有毒，不能食用。在山上居住多年，从来就没有采食过。不是本地村民，无法辨别清楚是有毒还是没毒的蘑菇，山民是用生命换来的取食经验。我算是外来之客，不算纯正的村民，冒死吃河豚的事我不会干。

山里能见到的菌类并不多，与植被破坏肯定有关。有人居住的地方，就会有一定的生态破坏。农药、化肥、建筑材料随地处理，都将影响到菌类的繁殖。

美丽的山野，阳光、空气、泉水都是人们生存不可缺的生命之源，但要忍受苍蝇、蚊子、毒蛇的侵扰，需要人类有更多的宽容与智慧。

天堂，需要人与自然共享。

壹．生境好的杂草丛中，蘑菇大量出现
贰．从污泥中冒出来的淡黄色蘑菇，伞盖反向，犹如大风吹过
叁．溜圆的蘑菇撑开比碗大

壹

贰

叁

壹

肆

陆

壹・化腐朽为神奇

贰・鼓起淡黄色的灯笼，引来无数小红蝇聚集

叁・银耳，又称白木耳，有『菌中之冠』美称

肆・乱草堆中，无数的小白菇，似漂亮的小白伞

伍・色彩鲜艳的蘑菇，号称美丽的杀手

陆・在枯枝上亭亭玉立，白如凝脂

柒・一场闷雨过后，蘑菇就挤出地面，撑起漂亮的小伞

捌・树菇层层叠叠，在枯树洞里扎堆抱团聚集

昆虫的颜色、形状、身体的脉络都与树叶相近，很难分辨真伪，它的天敌更是难以识别

# 善于伪装的中华翡螽

大千世界，无奇不有。

在动物世界里，昆虫家族算是小字辈。在生物链当中，是最底层的物种，属弱势群体，被其他动物吞食的概率最大。经过千百年的基因演变，生存的方式迫使其身体形状、颜色的改变，巧妙地与周边植物形状、色彩相近，以躲避天敌的伤害。

通往山间的小路无数，树木相连，杂草相依，大小动物无处不在。在山中行走，一不小心都有可能与昆虫亲密接触。有些昆虫你能一眼发现，有的昆虫就在你眼皮底下也未必能看清。

刚从几棵灌木中路过，习惯性地低

头寻找树叶上的虫子。没风的时候，很容易发现昆虫的踪迹，稍有晃动，就能看见它们的藏身之地。色彩对比度大的昆虫，较容易分辨，小些的昆虫，伪装又特别逼真的，被发现就不太容易。

眼下有片树叶在闪动，引起了我的注意，靠近树叶仔细寻找，没发现任何的可疑之处，只是感觉这片树叶与其他的叶片有些不同，比其他的叶片要厚些，轻轻地拨动了一下树枝，一只脚丫伸了出来，才看清树叶上有只虫子，与眼前的树叶相似，伏贴在树叶上。体型、颜色、身上的纹理几乎一致。前爪两个脚像叶子的根部，紧贴叶面上，一动不动，天衣无缝。这身打扮，以假乱真，瞒天过海。

我急忙跑到车上取来相机，当回到树叶旁，又不见了叶子上面虫的踪影。一片片相同的树叶，大小都差不多，走时又忘记留下标记。大概的位置还算清楚，两眼几乎贴到树叶上寻找，也没发现在哪片叶上。眼球从树上移到树下，周围几平方米的地方，都是褐色的土地，落下一片绿叶，都非常醒目，应该没在地上。怀疑它是不是藏到叶子的背面，我又低着头，仰望天空，片片叶子过滤了一遍，终究没发现它的藏身之处。

天气炎热，我渐渐失去耐心，正当想放弃寻找的念头，突然眼前的叶子动了一下，原来近在咫尺，也没能发现，是眼球“光圈”开得太大，无法聚焦的缘故，还是伪装术过于逼真？面对树叶般的昆虫，微距镜头几乎贴到树叶上，也丝毫未见它动弹，更没有想要逃跑的迹象。

在它的眼里，伪装术已经达到了极致，只要不离开这片树叶，它认为就不会有危险。拍摄完照片，已经是汗流浃背，原想看它是如何活动，最后我放弃了好奇的欲望，要对峙下去，我笃定耗不过它。

回到家中，取出拍摄到的昆虫照片，问过昆虫专家，查找了有关资料，知道是一种叫中华翡螽，拟叶螽科翡螽属的一种中型螽斯，头部锥形，体长二三十毫米，雌性比雄性要大些，全身通绿，善于伪装，像是一片树叶轻轻地散落在叶片上，因此很难被发现。这是我见过伪装术最高明的昆虫了，竟然在眼皮底下考验我的视力，骗过我的视线，实在是伤了自尊，很没面子。

为了生存，越是弱势群体越是有独特的伪装术。顶层的动物不需要伪装，如狮子、老虎在森林中独来独往，一眼望见，高大威猛，身上配备的不是伪装色，而是亮眼的暖色调，金黄色中带有褐色，帝王色的装饰，华丽而高贵，威风凛凛。森林之王，天生就有王者的霸气。

人类已经从伪装术向隐身术的技能转变，传说中的旁若无人，穿墙而过的神话故事终将发生，世界将变得更有趣。

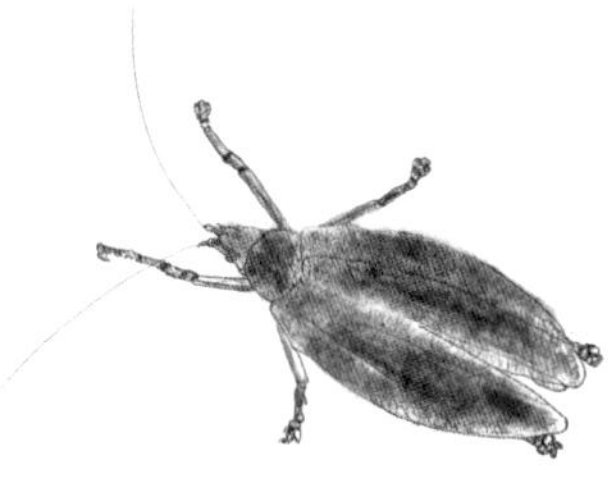

铜蜓蜥，生性警觉、灵敏，常出现在乱石、杂草丛中

# 神出鬼没的四脚蛇

惊蛰与春分交际，山上出来的两栖爬行动物，除了蛙类，就是蜥蜴。房子周围，铜蜓蜥与蓝尾石龙子从冬眠中苏醒，它们迫不及待地从石缝中钻了出来，探头探脑地四周寻找食物，有人靠近，就会快速地钻进石洞里隐蔽，不见了踪影。

小时候看见这类的蜥蜴，分不清啥种，叫不出名，看似像蛇，又有四只脚爬行，都统归到与蛇有关，都叫“四脚蛇”。虽然像蛇，但并不可怕，如果看见了，就会像看见蛇一样追着用石头砸，棍子打。“四脚蛇”遇到紧急情况，后面有一段尾很容易脱落，采取断尾求生法蒙骗过关，迷惑你的警觉。当你短暂地停顿观望，它就会利用四只有力的前后脚驱动，溜之大吉，跑得无影无踪。不用担心，断尾的蜥蜴有再生的功能，很快就会长出新的尾巴。

见到“四脚蛇”，心里没有那么恐惧，是多了四只脚，还是身体没有扭动的缘故，至今搞不明白。但有件事是弄清楚了，“四脚蛇”与蛇，同在一个纲，属爬行动物，但不在一个目上，科学家早已分清了它们之间的属性。

将蜥蜴当蛇一样痛恨，会有强者的快感，怕蛇却拿蜥蜴出气，这是人性的弱点。

春分的第二天，也是今年开春最热的一天。虽然比城里气温会低些，但有些闷热。出来的蜥蜴个头都不大，感觉都是幼体，何时脱壳不得而知。铜蜓蜥、蓝尾石龙子占据不同的地盘，在自己不大的领地周边活动，看见它们钻进石缝，过不了几分钟又会伸头探脑地出现，一有动静，就会静止在原地，停留几十分钟，一动不动，耐心等待危险消除，五米之内不靠近，不惊动，它就会放松警惕四处游动。

眼前最活跃的是蛾子，是蜥蜴食物的主要来源。有时还会吃些蔬菜及水果，菜地经常看见它们的身影窜动，有些菜叶出现较大的破损，估计是它们造访的杰作。菜被虫吃，全都怪昆虫所为也不准确。

夏季，中午烈日炎炎，气温高，人无法在太阳下行走，蜥蜴属冷血动物，靠晒太阳提升体温，人体难以忍受的高温，对它来说恰到好处。山里的昆虫也都纷纷登场，各种昆虫按照自己的生活规律出现，为其他动物提供了丰富的食物。

夜晚灯诱昆虫，就会发现，上百种的昆虫聚集在白布上，大小不同，形状各异，都是蜥蜴及其他生物链不可缺少的一分子。蜥蜴自然就不会放过分一杯羹。

蜥蜴捕虫，行动敏捷，宽大的嘴捕食迅速，伸出的长舌上有强大的黏膜，较大的昆虫——螽斯也难逃脱被蜥蜴捕食的厄运。

人类向自然学习从没停止过。蜥蜴头部装有一双灵活旋转的眼睛，我怀疑如今街头巷尾、办公、家宅用的摄像头转动原理，灵感有可能来自蜥蜴眼睛。突出的眼球，静止不动180度视角，两边眼睛相加360度，一有风吹草动都躲不过它那超广角的眼球。

在武夷山拍摄到的丽棘蜥，更像装在外壳里面的摄像头，外面不动，里面的镜头可自由旋转。任何物体要从它的身边晃过，都难逃脱它的眼睛。

有位鱼友，夫妻俩都喜欢动物，有一次来办公室喝茶、聊天，过会儿，他妻子从背包拿出一条蜥蜴，放到窗台上晒太阳，很大，我没见过这么大蜥蜴。开始还以为是玩具，也想摸着看看，她说是真的，是一只非洲蜥蜴，吓我一跳，还有人拿蜥蜴当宠物养的。全身土黄色，加上疙疙瘩瘩的粗糙皮囊，实在不敢恭维，伸出去想摸的手，又迅速地收了回来。一条在沙漠中飞驰的蜥蜴，怎么就这么乖巧供人玩耍，百思不得其解。

万物皆有灵性，何况人与动物。

壹·蓝尾石龙子成体
贰·蓝尾石龙子亚成体
叁·蹼趾壁虎

# 鼠年说鼠

不是做《中国兽类图鉴》，估计这辈子也不会去了解老鼠。

“老鼠过街，人人喊打”，这是一句家喻户晓的宣传语。“除四害”运动，其中就有老鼠，是号召全民要消灭的物种。

在山上建房初期，老鼠成灾，经常若无其事地光顾屋内，东西被撕咬。大的鼠超过黄鼠狼体型。开门进屋逃窜的声响很大，还以为屋内有小偷。现在搞明白它的真名，叫白腹巨鼠，是山里最大的老鼠，体硕大、肉多，不同于家鼠。

当年山上有点冷静，人不多，阳气不够，阴气十足。到了夜晚，不时传来山麂的叫声。白腹巨鼠带上尾巴有一尺多长，跑进屋内翻箱倒柜，寻食居住，根本不把人放在眼里。放上几个老鼠笼，很快就能逮上几只，没有家鼠那么贼。山里的老鼠，基因里还没有对人类的防范意识。几次过招后，慢慢学聪明了，也不容易上套，知道人比自己更聪明。估计这个山头，下一代的老鼠进人屋，都会小心翼翼，胆子也没前辈长得那么壮实。

那时生活困难，村民抓老鼠食用是常事。这种山鼠是村里人常捕捉的动物，是能量补充的高级食品。村里人至今还能讲出几种捕鼠方法，最常见是将石头、竹签、饵料固定在一起，只要触动到食物，大石就会压下来，能压死，不会压烂，剥开皮肉，还能得到一张完整的皮囊。方法简单原始，但行之有效。

当年，老爷子酿了两大缸米酒，缸口用沙袋封存严实，白腹巨鼠毫不费力地从沙袋上面挖了个洞，一头栽进了酒缸，就再也没出来，酒是喝够了，喝到醉，醉到死，醉生梦死，值了。

可惜了我一坛好酒，只好倒在几根新栽的竹子下。几年后，不知是酒力发作，还是加进了老鼠酒的威力，从此竹子疯长，每年都争先恐后地冒出新竹，密密麻麻相互挤压，砍了一茬又一茬，水泥做的护栏都被挤开裂。台风来临，倒下几根老弱病残的竹，来年又换了新竹，十几年过去，从没有放下疯长的势头。

当年风靡一时的《红高粱》电影，是长工一泡尿撒到酒里，起了意想不到的化学反应，成就了红高粱美酒。好酒靠尿来做引子，没有后续，故事里没说清楚，估计再好的酒也没人敢喝。老鼠泡在美酒里，喂了竹子，不伤大雅，成就了一段传奇佳话。

鼠类占据整个哺乳动物纲的三分之一，北方的老鼠有些可爱，可当宠物，南方的老鼠样子猥琐，贼眉鼠眼，家鼠更是让人厌恶，偷吃、打洞、撕咬衣物，无恶不作，常与人周旋，精明得很，要想逮住它也不容易。只是被它糟蹋过的东西，都要弃之，生怕它带来的细菌传播到人体。

山里的老鼠傻，此前很少与人相斗，吃过几次亏后，也学得聪明。老鼠天生灵性，吸取教训，学会了与人斗智斗勇，获得生存权。我用尽了十八般兵器，收效甚微。老鼠是“野火烧不尽，春风吹又生”。

人类发明很多的捕鼠器具，老鼠笼、老鼠夹、老鼠药，还有自制的捕鼠办法。如今城里还成立了专门灭鼠队，许多餐馆、食堂都请他们上门服务，收费不菲。前几年成都有个农村小伙子成立了专门灭鼠队，按平方米收取灭鼠费用，广告语是：“开着奔驰灭老鼠”，风靡一时。

《中国兽类图鉴》主编刘少英老师，号称“鼠王”。开始见面，话题都离不开老鼠，说起鼠类，眉飞色舞，口若悬河。在他嘴里听到的都是对老鼠的赞美：“鼠作为生态圈中的一员，是猫头鹰、蛇等许多食肉动物的食物链重要一环。鼠促进物质循环，帮助植物传播花粉、种子。鼠会处理一些腐殖质，帮助维持环境清洁。在生态平衡中起重要作用。”几次见面都听他讲老鼠的故事，久而久之，慢慢对憎恶的老鼠有些转变。

编辑会议期间，刘老师抽空到山居来捕鼠，两次用鼠笼、鼠夹都没成功，估计老鼠闻到“鼠王”身体的气息，就是没上当。听说家中养狗的人，出门在外不会被狗咬，闻到的是同伴的味道，当作自己人，容易亲近。

山上的蚊子又多，特别恶毒，有一种花蚊子，身上披着黑白条纹，个头不大，咬起人来绝不含糊，稍薄些的衣裤它都能穿透到肉体去吸血。中国科学院昆明动物研究所的李松老师在山里布鼠笼，不到半个时辰回来，已经变了个样，白净的皮肤换了底色，身上被叮咬得满身红肿，像得了过敏症。我买的泰国“青草膏”，被他涂了去大半瓶，否则坐立不安，烦躁上火的情绪将会持续很久。

邻居小江从宁化县来，那是闽西八大干“老鼠干”出产地，靠吃老鼠出名。当年吃的是田鼠，鼠干出名后，田鼠被吃得快要绝种，不够销售。有人打起了歪主意，抓家鼠当作田鼠卖，反正外地人也分不清是家鼠还是田鼠，要想买到正宗的老鼠干，还要有懂行的熟人才行。

小江来自盛产老鼠的家乡，要逮个老鼠自然轻车熟路，我们几次在山上放笼，都没啥收获，很沮丧。他自告奋勇试试，拿了两个鼠笼，放到山下芦苇根下，第二天就从山上传来消息，逮着一只，我们急忙开车上山，抓到的是白腹巨鼠，雌性，与家鼠样貌区别不大，灰不溜秋的贼眉鼠眼，比城里见的老鼠要大。刚被抓到，凶狠力气大，用高过70厘米的桶摇晃，让它晕头转向才能拍摄。过后，李松老师从工具箱里取出针筒，对着90%高浓度酒精瓶抽出一筒，从老鼠腹部打了进去，瞬间老鼠失去知觉，不会动弹，随便摆弄。刚死的老鼠两眼睁得很大，眼球突出，未出现散光的现象，这时拍摄的照片与活鼠没啥区别。

拍摄完后，他拿出工具进行现场解剖，手术非常出色，瞬间将老鼠皮肉分开，鼠皮做成标本，鼠肉丢进了高浓度的酒精里浸泡，全流程解剖干净利索。刘老师负责记录，老鼠的名称、性别、采集地、采集人姓名等登记造册，正式给这只老鼠上了户籍，江南竹村的这只白腹巨鼠，算是为科学研究做出了贡献，小江的姓名也与老鼠一同被载入史册。

两次上山捕鼠，研究专家没逮着，民间的高手倒是抓住了。鼠辈终究不是人的对手。

很久没接触过老鼠，突然要去了解它，着实要克服恐惧。第一次拍摄到的大足鼠，是在村民养鸭场地。都说鼠是夜行动物，但这个鸭场的老鼠是早上出来觅食，原来养鸭喂食都在早上，老鼠也跟着食物改变了昼伏夜出的习惯。

鸭棚内到处都是老鼠洞，四通八达，久而久之，老鼠与鸭和平共处。我放了苹果与红薯做诱饵，这是山里老鼠的最爱，布下八个鼠笼，都放在老鼠的洞口或老鼠必经之路，几平方米的地方，布满了陷阱，想必一定会有收获。

几天过后，不见动静，老鼠压根就不上当。我问鸭场的主人，是否曾经用过笼子抓鼠，回答是肯定的。他说："开始还能逮住几只，过后就没有捕到过，买来的玉米，有部分是喂了老鼠，损失很大，也很无奈。"鼠笼在老鼠大脑中储存了此类信息，它们不会重复犯失去生命的错误，这招显然不灵了。两个星期过去，也未见一只老鼠进笼。与村民说好，早上晚点喂食，我从城里赶上来直接拍摄活体。

第二天一早，我扛起拍鸟的大炮，远距离守候在老鼠出洞位置。清晨七点多，村民将玉米倒入喂鸭食的盆里，按理说，玉米倒在木盒子里，老鼠就会光顾，今天鸭子吃饱食都去戏水了，也未见老鼠出洞。老鼠视力能看见多远，我不知道，我距老鼠也有十几米，它是靠视力判断还是靠气味探测，不得而知。迟迟未见动静，双方都在耗着，比耐心。老鼠终于经不起诱惑，先从洞口伸头试探，过了半个小时后，有只胆子大的老鼠，快速地从洞里窜到鸭食的木盆里，叼上两粒玉米粒转身逃回鼠洞，反复几次，发现没有危险迹象，老鼠终于排队倾巢出动，个个将嘴的腮帮子塞满，争先恐后地快速搬进洞里食用。鸭子没吃完的玉米粒，被一粒不剩地清扫干净。

这群老鼠中，大足鼠占据多数，还有褐家鼠一伙，它们在另一处的洞口出现，但目标都是鸭子吃剩的玉米。从数量上看，明显大足鼠多于褐家鼠，它们是如何达成共识，在一个场地共处，估计少不了混战，形成当下的局面。凭着老鼠聪明智商，和睦相处的道理，也许人类还要跟老鼠学。

倒霉的养鸭东家，每天要费不少的玉米喂老鼠，增加了饲养的成本，痛心疾首。我是来拍老鼠，不是来抓老鼠的，帮不上忙。

在公司的食堂里抓到一只老鼠，正当大家束手无策，不知如何将它从笼里抓出拍摄时，食堂大师傅从仓库里拿出来一只装水用的白色大桶，70厘米高，将老鼠放进桶里拍摄，基本跑不出来。白色的桶，拍摄的老鼠是一张高调标准照。此后，白桶就成了拍摄老鼠用的道具。

有关资料显示，老鼠最高能跳出高度60厘米，桶高70厘米正好超过它跳出来的极限。如果你相信这个数据，就是低估了老鼠的智商。直线跳起是60厘米高，老鼠要跳出这个高度，它分级跳跃，先蹦跶40厘米高处，再转身跳出桶外，有几次拍摄都差点让它逃脱。吸取教训，后面抓到的老鼠都要放在桶里摇晃，消耗它的体力，等它精疲力竭，晕头转向，蹦跳无力，我再拍摄。有些老鼠会装死、装累，等我近距离靠近拍摄，它会一跃而起，从手臂上越出桶外逃脱。我经历过老鼠的这一招，不得不佩服老鼠的智慧。

花了大半年时间寻找老鼠的踪迹，在山上，只发现过白腹巨鼠、大足鼠、褐家鼠、针毛鼠、社鼠。能够入眼，不让人讨厌的应该是针毛鼠与社鼠。这两种老鼠长得很像，大小一致，毛色相近，都有刺状针毛。看资料介绍，也未必能搞明白，专家也常常发生争执。我算是门外汉，了解点皮毛就好，反正叫针毛鼠或社鼠，都不会错得太离谱。

老鼠虽然不让人待见，但排行十二生肖之首。民间有几种说法：鼠有灵性，机灵、通灵。鼠为奇偶，前足四，后足五，物以稀为贵。鼠在近夜半之际出来活动，黑天苟地，混沌一片，将天地间的混沌状态咬出缝隙，“鼠咬天开”，称之为子属鼠。鼠成活率高，寿命长，不遇天敌，大多数都能安享晚年。老鼠的寿命为1～3年，但繁殖力快，生命力极强，是其他动物不可及的。

古人崇敬老鼠的缘由无从考证，但一定有它的道理，将动物尊为神灵崇拜，从远古至今，全世界都有。将老鼠放在极重要的位置敬仰，实在不敢恭维。今年做了一本老鼠的挂历，主要是宣传啮齿目的科普知识，入选的图片只有几种北方鼠，大多图片都是啮齿目其他科的动物，松鼠科占多数。即使北方的老鼠，也还有人不愿接受，觉得老鼠不吉利，老鼠如此不受人待见，如何选上十二生肖之首，找不到一个让人信服的说法。

猫抓老鼠，天经地义，但如今都很少看见猫在抓老鼠。反而是猫怕老鼠，被老鼠追着跑的视频、照片经常出现。甚至老鼠与猫和平共处，亲如一家。这世道有点变得看不懂，老鼠与猫都能化敌为友，何况人，颠覆传统的思维与观念，都在合情合理中。

“深挖洞，广积粮，不称霸”，是对鼠的最好诠释。

壹

壹·褐家鼠，家中常见种，灰不溜秋，贼眉鼠眼，不让人待见

贰·白腹巨鼠，在灌丛、阔叶林中常见，过去村民常捕捉食用

叁·大足鼠，主要栖息于农田和灌丛，一般不进家宅里

肆·臭鼩·天黑就溜出来觅食，受攻击时发出难闻的气体

壹

贰

叁

壹·放鼠食，苹果、地瓜、花生都是老鼠喜爱的食物

贰·山上布笼捕鼠，选择鼠道很重要

叁·解剖现场，分工明确，为白腹巨鼠建档案

肆·黄毛鼠，分布在房屋周围的农田、灌丛、垃圾堆里活动

伍·黄胸鼠，多在管道井、吊顶、天花板上活动

陆·社鼠，黄棕色，针毛较多，与针毛鼠难以分清

柒·针毛鼠，常活动在阔叶林中，偶尔分布于农田，外形与社鼠相近

肆

伍

陆

柒

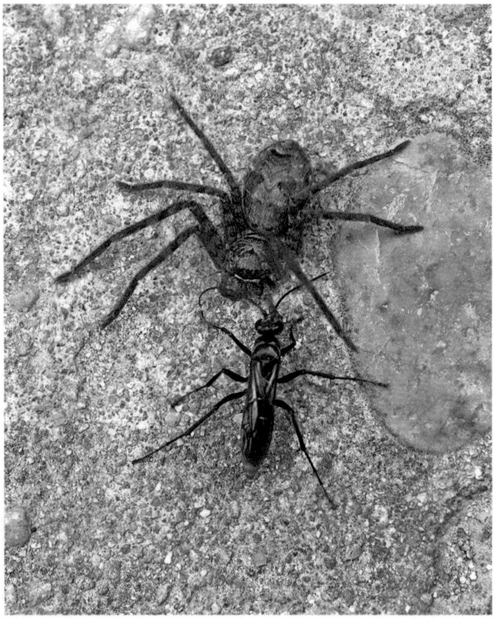

# 蛛蜂的『战利品』

蛛蜂快速地爬上一块麻石。它们短暂的停顿，我才拍摄到清晰的画面。巨蟹蛛体型比蛛蜂个大

远处有个物体在移动，凭着多年野外观察习惯，判断是昆虫在活动。我立即拿起了相机跑过去察看，原来是一只蛛蜂，拖着比它大一倍的巨蟹蛛，在高低不平、杂草丛生的乱石土堆里快速地移动，在阳光下格外显眼。

蛛蜂咬住了巨蟹蛛的一支前脚，任凭蛛蜂拖着前行，丝毫没有反抗的迹象。巨蟹蛛比蛛蜂体型要大，凶狠不比其逊色，在昆虫中不可小觑。见过拍摄到的视频，它与老鼠大战而获胜的场景，如今乖乖地束手就擒，不合乎常理。

如果与蛛蜂进行过交战，那一定是场恶战，会飞翔的蛛蜂与八支脚的巨蟹蛛决斗，空中与地面混战，一定是精彩绝伦。但看见两虫身体完好，未见缺胳膊少腿，不像有交战的痕迹。巨蟹蛛正值壮年，不会是老死送到蛛蜂嘴里的吧。另一种可能，蛛蜂使用了暗器，独门绝技麻痹毒液，尾部的毒针发挥了作用，趁巨蟹蛛不注意靠近，快速地扎进了巨蟹蛛体内而赢得胜利。

蜘蛛有多只眼睛，两只、四只或十二只，虽然有许多的眼睛，但它的视力却很一般，看东西模糊不清。巨蟹蛛圆大的肚子显得笨拙，蛛蜂的快速攻击，暗中使毒，很容易得手。

没有恶战，靠的是智取，如果真正交手，巨蟹蛛八只脚的功夫，加上体内的毒液也不是吃素的，鹿死谁手真不好说。

蛛蜂倒退与前行同样快速，它拖着昏迷的巨蟹蛛往自己的洞穴，得到的食物离洞穴还有较远的路程，靠着蛛蜂的能力不足以从空中调运，只能在地面长距离拖拽。跟踪了几十米也未见停歇，几次近距离地按快门拍摄，却丝毫没影响其停下放弃食物。动静大了，就停顿下来张望，但咬着的蜘蛛脚并没松口，短暂停顿后，又迅速奔走。食物来之不易，决不轻易放弃。

蛛蜂将巨蟹蛛拖进洞里，再产卵封口，幼虫靠巨蟹蛛的营养成活，在洞底下发育成虫。我想，蜘蛛不一定是蛛蜂食物链的重要一环，可能是动物相互残杀，赢者获得食物，只是巨蟹蛛运气差些。如果让巨蟹蛛赢得这场胜利，也许不会把蛛蜂给下一代食用，而是直接犒劳自己。

想将两虫分离，但巨蟹蛛已经没了生命的迹象，就算分开也未必能活，何况蛛蜂得来不易的美食，不忍下手，犹豫之间，蛛蜂拖着巨蟹蛛跑得无影无踪了。

## 秋季里藏着夏天

夏日还在横行，
炎热丝毫不减，
秋天只好占用冬季往后延伸。

干枯爬藤，流淌着『鲜血』般的生命

# 秋风落叶

秋风吹来，带来一丝凉意，墙上爬山虎绿叶开始转红，夏季悄然而去，秋季正式登场。

苦笋（因有苦味，就叫苦笋）与其他的竹子不一样，不按常理出牌，选择秋季从屋角一处冒出，给秋天添了些春意。

一场秋雨一场寒，炎热出现在午时，早晚的温差慢慢地拉开距离，最精彩的晚霞会在这个季节呈现。

秋天，是收获的季节，经过夏天充足的阳光哺育，金灿灿的南瓜，红艳艳的辣椒，手雷式的佛手瓜，大个的冬瓜，从繁茂成长趋向萧索成熟。

山下有一片果树，到了深秋，就要忙着锄草、剪枝、施肥，十几亩山地，几十个品种的果树，要花上半个月的时间打理。农村常说的一句谚语：“有收没收在于水，收多收少在于肥。”付出多少，收获多少成正比。

进入秋季，山里气温比城里要低三至五度，早晚落差大，动物开始了冬季最后的能量储备。周围的昆虫明显减少，各自选择了过冬的地方，万物进入休眠状态。房前屋后还有几只蝴蝶在活动，小型灰蝶，几只穿梭的蛱蝶还在忙碌。秋后的蚂蚱，在杂草丛中尽情地蹦跶，享受着生命中最后的时光。

人生一世，草木一秋。

壹·秋天爬山虎、红叶还要饱受寒霜的洗礼，直到飘落大地

贰·窗外的树叶黄了，告知秋天的来临

叁·触摸窗外的秋色

肆·树上的栗子，落土轮回

伍·露水，在红尘深处

陆·四季轮回

贰

叁

肆

伍

陆

# 山洞的『烦恼』

突发奇想，在房屋边上挖一个洞。

冬暖夏凉，存放蔬菜、水果、自酿的米酒。在最热的夏天，还可以躲在里面乘凉，是件非常惬意的事。我为这个不错的想法兴奋了好几天。

过去的电影、电视剧里，山洞是常见的一种民居形式，也是古人赖以生存的居家方式。北方的山洞不但可以居住，还可以储存各种食物。陕西窑洞、贵州深山至今居住着人家。如今南方地区还有不少的山洞有山民居住，远离了城市的尘埃与嘈杂，过着原始人的生活。

当年北京的大白菜多，政府号召吃“爱国菜”。餐餐吃白菜，肚里没油水，如同吃青草，如果能放些猪肉，有些猪油味，那是上品菜肴。可当年要想吃肉也没那么容易，凭票供应。吃不完的大白菜放在地窖里，过上一个寒冷的冬天也没啥问题。

在南方地窖存放红薯、土豆过冬也是常见的事，如同当今的冰箱、冰柜一般盛行。千百年的习俗，世代相传。现代科技的发展，改变了传统的生活方式，古老的山洞已经淡出人们的视野，家里食物也用不着挖个地窖来储存。山洞居住、地窖储存食物成了一个时代的缩影。

为了这个情结，体验一把山洞人生活，请了两个工人，花了几天的工钱，在屋边挖出一个山洞。山里的土质松软，像石块，又像是泥土。石头的形状，但没有坚硬感。说是泥土，用锄头、铲子、镐头，才能掏空洞穴，用“石土”表述更为贴切。

这个山村没有人挖过山洞，不知道挖多大才会安全，越往里掘进，心里越不踏实，怕山体塌陷，酿成伤亡事故。最后确定，挖到3米乘3米，10平方米左右，能摆上一张小四方桌，周边四个小板凳就好。山洞竣工，算不上好看，方不方，圆不圆的，无规则的一间山洞初见成效，洞中容下三四个人喝茶聊天，休闲搓麻将的空间绰绰有余。

秋天是山里最舒服的季节，天干物燥，秋风习习，不冷不热。看着完工的山洞，里面散发出浓郁的泥土味，想着来年丰收果实有个储蓄的场所，心里难免一阵喜悦。

入冬开始就将部分的白酒、葡萄酒、几瓶药酒搬进了山洞，丰收的粮食，纯正的稻花香米，也是山里人做米酒的最佳原料。酿造几坛米酒，也是对自己一年辛勤劳作的犒赏。我不喝酒，但喜欢看别人喝酒，酒喝高的人，人性才会充分展示出真实的一面。

我对酒不感兴趣，但很享受酿酒的过程。蒸熟的糯米，吃上几口，比喝上几口酒更爽。做酒的过程，每道工序复杂，烦琐，做不到位，酒就发酸，就成了次品。

这里村民做的米酒，并不是自家酿制的乳白色酒酿，与闽北、闽西那种甜酒不一样。能发酵的酒曲是“红曲”，出酒的颜色就成了红色，当地人称之为“青红酒”。这种酒有度数，并不像米酒的那种甘甜好入口，更像是江浙一带的黄酒。一种红曲就将糯米转化成青红酒，神奇得很。

村民自己酿造的青红酒，自称是中国的“XO”，也对，那种怪怪的味道也只有他们能接受。国外洋酒与中国酒口感上还是有很大的差别，但沾上洋酒的名，酒价自然提升。吃的是身份，品的是实力，提高自家酒的价值，满足自身的虚荣心，心态得到平衡，算是生活的一种快乐与满足，嘴要享福，面子也要做足。

放进几坛老酒，感受外国人地窖储存酒的生活，期待山洞里的异常变化，静静地等待化学反应，分解出纯正的芳香美酒。是一种自娱自乐的方式。

夏天到来，躲进洞里乘凉，似乎不太现实，外面三四十度，山洞也有二三十度，也用不着钻进山洞。蔬菜、瓜果放上一两天还可以，三五天够呛，无法解决长时间的存放，达不到北方地窖的功效，瓜果菜放上几个月不坏，似乎不可能。山里的气温中午炎热，早晚还是清凉，半夜还要盖上被子。洞里的湿度大，一不小心湿气入侵体内得不偿失。山洞没带来啥好处，里面只是放了些酒，一时半会也看不出好坏，随它去了，对山洞的热情也慢慢地消退。

两年后，想起存放在山洞的酒，推门进去，潮湿木门费了很大的力气才打开。铁铰链开始生锈，洞里长时间没开，空气不流通，里面湿漉漉的。再看看纸箱里的葡萄酒，如同泡在水里，纸箱在湿气的浸泡中已无法成型，托不起酒瓶的重量。瓶上商标也沾上泥迹，脏兮兮的，没了品相。眼前的场景，使山洞储存酒的美好愿望彻底破灭。最后陆续堆放了一些不用的物件，对山洞的兴趣消失殆尽。

十几年了，房屋没人住，山居里的物件基本老化，重新居住又要装修一次。再重新探视山洞的情况，更是惨不忍睹，木门腐烂，一碰就倒，里面堆放的木料及铁器，不是蚂蚁吞食，就是腐蚀成渣，还不敢进去，怕有老鼠建窝，蝙蝠停留，或成了蛇的居住地，惊动了一方蛇精，后果不堪设想。

山洞没了使用的价值，还成了负担，怎么看都不顺眼。人不进去，但不能保证其他动物不会入住，只好经常往洞里喷洒些农药，自己没用，还要防着其他动物占用。我们生活的地理位置、气候环境直接导致人的生存方式、思想观念、文化特征、生理及性格的不同。实践证明，山洞，不适合南方及沿海山区使用。印证了传统的一句老话“一方水土养一方人”。

山里的生活不单有山洞教训，还有水土气温对植物的影响。朋友给了我几棵桂圆树，没过一个冬天就夭折了。江西的芋头柔软，可以煮烂成泥状，拿到了山上种植又成“荔浦”芋头，硬实而不容易煮烂，完全变了味，更不用说南北方的差异带来的变化。

自然给了人类很多的启发与教训，有些道理是通过尝试才能真正地理解透彻。看着别人穿的鞋子好看，但未必适合自己的脚。做人做事，何尝不是如此。

山洞储存功能失效，桃子成熟如期到来，三分之一给虫子与鸟享用，部分品相一般，歪瓜裂枣剔除，剩下的还有几百斤的收成。熟透的桃子也只能保存一两天的时间，如不及时处理就开始腐烂。桃子成熟期只有半个月的时间，忙着收摘，尽快送给亲朋好友，天气炎热，还要到城里挨家挨户地送，要挑品相好的送，差的留给自己享用，有时觉得在做一件无聊透顶的事。

其实，累得舒心，傻得快乐。

壹．山洞的门面用红砖装饰，已经没了门，放些玻璃、瓷板不容易腐烂的杂物

贰．洞外风景好，洞内不适宜

叁．山洞土质，粗看似石，细看是土

# 窗外跳跃的松鼠

在枇杷成熟时，它都会捷足先登，挑选最甜的那个吃

山里最常见的哺乳动物是松鼠、倭花鼠和赤腹松鼠。它们占据了周围的山林，吃遍了林中能食的坚果，是与人最接近的哺乳动物之一。

刚进山时，山里的野猪、山麂、野兔出没，经常会在周边的果园、菜地碰面。种的地瓜，还未成熟就被野猪拱得一片狼藉，吃掉了还没成形的地瓜剩下了断根残藤，留下它那有特点的猪嘴拱过的泥土、猪蹄脚印，逃之夭夭。趁我们下山几天，又钻出林子造访，横扫菜园子，饱食一顿，钻进山林无

影无踪。

倭松鼠体型较小，十分机灵。身体黄白灰色线条清楚，脑部前端镶嵌一对弹珠般大的眼睛，周围黄白色包围着眼眶，黑色的眼球更是炯炯有神。蓬松的大尾巴，是保持身体平衡的重要利器，总是高高地翘起，在树枝上来回跳跃，见有人靠近，瞬间没了踪影。

赤腹松鼠个体较大，胆子也大。门口有棵杨梅树，每年果子成熟后掉在树下。时间一长，坚硬的果核就成了赤腹松鼠的食物。中午时分，顶着高温烈日，它趁着人们午休，就悄悄地溜到树下，用锋利的尖齿，不费吹灰之力地咬开坚硬果核，品尝壳内甜甜的核仁，吃得津津有味。

我尝试过咬开杨梅核壳，核内藏着蜜般的甜汁，带点酸，有天然芳香，沁人心脾。

山坡下几棵枇杷树，到了成熟期，都能见到松鼠忙碌的身影。只要它挑选吃过的枇杷都是又黄又甜。鸟和昆虫往往等不到成熟期，就会在果子上啄几口，没几天，啄过的地方就开始腐烂，提前早熟。被鸟啄过的果子会特别甜。松鼠往往先下手，成熟的枇杷都是它先尝鲜，多的时候吃上几口就扔掉，树下很多没吃干净的枇杷，大多是倭花鼠、赤腹松鼠所为。

松鼠有储藏食物和冬眠的习性，它们多在白天活动，善于攀爬，行动敏捷，还不时发出刺耳的叫声。松鼠将吃剩下的食物，放进嘴边的两个藏食颊囊里带回窝，遇到狂风暴雨无法出来寻食，储藏食物可以维持多日的生计。冬季来临，食物储藏将会更多。

松鼠是杂食性动物，蔬菜、水果、鸟卵、昆虫以及坚果类等等都是它们的食物来源，但主要的食物是各种坚果。再坚硬的松果，碰到它那尖尖锋利的牙齿，也能轻松撬开。

松鼠的家建在高高的树杈中。搭窝时，先搬些小木片，再用些干燥的苔藓编扎挤紧，踏平，窝口朝上，端端正正，很狭窄，窝口上有一个圆锥形的盖，能将整个窝遮蔽起来，雨水可向四周流去，不易被风吹雨打，既舒适又安全。

老鼠也是哺乳动物之一，与松鼠都在一个目，但不同科，同是鼠，待遇不同。松鼠赞美有加，老鼠人人喊打。松鼠对人没有伤害，感官度比老鼠要好。老鼠与人类争食争利，为一己私利损人利己，传播疾病，伤及人的生命安全，不招人待见。

“茂林处处见松鼠，幽圃时时闻竹鸡。”宋代的陆游描写自然景色，松鼠有很高的地位。

壹·经常光顾院子的红腹松鼠

贰·谁动我家的窝

叁·《隐纹暗松鼠》（水彩画）

# 老胡和老蔡

山居的房屋，多时是老胡和老蔡居住。

老胡家在福建惠安，人忠厚老实，是有机会贪污受贿都不得要领的那种。上过中专学校，在家族里算得上是有文化的人。年轻时，人也长得帅，我女儿说“我姥爷是他们家族长得最帅的”。

老胡兄弟姐妹七个，他排行老三，生活在一个大家族里。前些年拍摄《大路丰碑》画册，路过老胡的老家，家人都要过来介绍一番，认个脸熟，我也分不清谁是谁，没记住他们之间关系与辈分。为了给老胡挣点面子，利用手中的相机，为他们各家分别拍摄了全家福。老胡的下一辈，人口还不算多，计划生育的国策，限制了老胡家族扩张繁衍。上一辈家族成员，一拨又一拨出现，分不清哪家是哪家的人，但看清了老胡家人的相貌，印象深刻，大多人基因特征明显，其他事后都过眼烟云，一个都没记住。

我建议拍一张全族人的合影，为这世纪留下一张时代人口烙印。村里找不到一个空阔场地，能容纳下这一大家族的成员，最后选在村边的一处稻田里。全族男女老少，七大姑、八大姨，还有走不动路，搀扶着来的，一眼望去，黑压压的一片，有上百号人，足足占据了半亩良田。

我选在房屋顶处的平台上，用当时最高档的120玛米亚相机，三脚架固定，精心对焦，相当有信心确保图片的质量，对老胡有个交待。就这种场面放在百年后观看，也绝对有文物考古价值。

回到福州，到店里冲洗胶卷，等所有的胶卷都冲洗完毕，唯独老胡族人合影的胶片是空白，没有任何影像，白板一条，当场两眼发直，头皮发麻，脑子一片空白，身上直冒虚汗，百思不得其解。冷静片刻，智商才慢慢从零恢复上升，捋清了思路，回放可能出错的片段，终于明白了，这是过去摄影人最容易犯的错。

传统相机拍摄都是用胶片，分135、120、4×5、8×10等，不同相机使用胶卷或叶片，卷式胶片衬托在防曝光的特殊纸上，装进相机两头卷片机头，往往在插片旋转处容易出现问题，胶卷未拉紧出现脱落，相机关闭后仍然出现空转，相机还是正常显示拍摄数字，如果不注意手感的松紧，等到12张拍完，装在盒里的胶卷没有曝光浑然不知，冲洗出来就是白板。当时的场面人多混乱，情绪激动，手忙脚乱，正好换新胶卷，胶片脱落没曝光，犯下无法弥补的大错。

这种事在摄影生涯中犯过几次，重要的会议也出现过类似的场景。记得有一次市里的团代会，投票后的影像没有，结果会后让代表重新排队投票。那个年代没有电视台，录像不普及，摄影是重要的记录载体，一个县或市也只有文化馆、群艺馆才配备专业人员，“牛逼”得很。

此事过了很久，老胡也没问过照片的事，他不问我也不说，估计他是等我拿出来，不好意思问，也有可能老胡在乎到家的那种场面，风光就好，后面的事早已抛在脑后，就当什么都没发生过。家族有没有人问起，不得而知。但此事始终是我一块心病，痛点，丢人现眼的事。当说起摄影得意时，至今老婆拿此事耻笑一番，我更心痛的是失去一张“旷世”的大片。

过了七八年，又陪老胡回老家扫墓，每家每户又拍了一次全家福，但没上次规模大、人口多，以前照片也没人提起过，算是一次彩排，翻篇了。

老胡学校毕业就到部队，干到退休，受部队正统教育，行为举止中规中矩，歪门邪道附不上身。平时也没什么爱好，只是会抽点烟，喝点小酒，如今年纪大了，身体的零部件都出了些问题，医生说烟酒对身体不好。老胡命看得很重，听医生的话，酒是戒了，烟还在抽，谁说都没用。“饭后一支烟，赛过活神仙。”老胡相信了民间的俗语，享受着神仙的日子，雷打不动，从未断过。看见他抽烟的神情，如同进入仙境，也都随他去了。

老胡虽然在闽南长大，喜欢喝茶，但不得要领，往往是一泡茶倒入茶杯，冲入开水，长时间浸泡，苦得无法入口，他全然不顾，喝到茶没味才会倒去，没那么多的讲究。闽南泡茶的功夫老胡一点都没学会，估计那时泡茶在泉州、石狮一带最为流行，还没流行到惠安，老胡压根就没喝茶的悟性，和我一样，喝茶只是为了解渴。

如今喝茶被上升到神乎其神的境地，每个卖茶人为了赚钱各有一套说辞。文化人加入茶道行列，程序变得更加复杂烦琐，一个或几个美女表演茶道，一杯茶，一场戏，云里雾里、天花乱坠，主次颠倒，实在不敢恭维。

不会品茶，文化人大打折扣，不懂得茶文化是没品位的人。我经常说实话，从不与茶人共舞，听到说茶故事，心情好就忍着不发声，烦躁了就不好好说话，经常反其道而行。说岩茶都是大火烧焦树叶的味道，好好的一泡茶，打入了十八层地狱，让编故事人扫兴，脸面无光。我算是有点知识，没文化，不入流。

老蔡是山东文成人，一口的山东普通话，要完全听懂有点费劲。山东人吃面食，比吃米饭的南方人块头要大。老蔡平时一脸严肃，有些凶相，凶起人来入木三分，说话做事有领导的模样。在一个地级市的粮食局里当人事科长，手中有些权力，掌握一些资源。老蔡权术玩得溜，有当领导的潜质。原市里的一位组织部部长说：“老蔡是没文凭，要不当个局长也是绰绰有余。”老蔡为人待客也别具风格，热情得让人受不了。新女婿上门，一锅煮上八个鸡蛋，而且非要吃了，否则说出来的话会比吃下去的蛋还难受，到现在女婿老沈想起来都心有余悸。

家里若来了客人，老蔡都要烧出一桌上好的菜肴款待，分量超大，而且都是硬菜。不管它是否好吃，礼数要到，这是她做人待客的规矩。

我每次上桌吃饭，看见我喜欢吃什么，她都先不动筷子，等我吃完后，她才去吃，迫使我每次吃饭极快，十分钟之内吃完下桌。至今吃饭都是狼吞虎咽，哪怕吃宴席，没了吃相，形成了吃完了事的惯性。

老胡老蔡一身的“富贵病”，糖尿病、高血糖、高血压等各种老年病都有，与“药”相伴有二三十年了。饭吃三顿，药吃三餐，外加打针、测量，饭前饭后药物伴随。如今的药与时俱进，除了贵，大多豪华包装，几粒不大的小药片都是里三层外三层地包裹着，每次拆出来的药一点，盒一大堆。药的成分，说明书上写得复杂，中英文对照，专业名词又多，简单地吃几粒就清楚明白，一定要写成吃几克，换算不出来还得问医生，吃错了药的大有人在。新药在不断地变化，老胡每次都要研究一番，提前复习功课，以免出现差错，伤及自身。

在家里大事小事，老胡都得听老蔡的安排。不管有理没理，有人没人，经常老胡被训得灰头土脸，还不能争辩，偶尔申辩两句，一旁的女儿都会帮着老蔡说老胡的不是，老胡怕老蔡的威武，更架不住两个女儿对他夹击，时间长了，老胡也习惯了，大多时间不生气，脾气好，忍耐性极强。

当年建好山里的房屋，老胡才六十多岁，手脚并不是很灵活，但有韧性，很多复杂的农活，他干上几天，都会整理得有条不紊。小时候在家干过农活，用锄头，种菜基本常识还算熟练。在部队居住，也在院子前面弄块菜地，种些青菜、葱、蒜之类的蔬菜，还养鸡养鸽子，农活手艺一直延续至今。

开始上山种几亩地的果树，每年的秋季锄草，老胡一个人就可以完成。虽然动作慢点，整个果园整理得井井有条。锄过的草皮，晒干后又同泥土混合烧成肥料，重新放在果树的根部，循环使用。秋天烧草的场景，烟雾弥漫，点燃了山里的秋意。

除了管好上百棵果树，还种了品类繁多的蔬菜，辣椒、白菜、萝卜、芥菜、南瓜、冬瓜、豆角等。种菜不像是种果树，每天都要有人打理，挖地、育苗、锄草、施肥。到了夏季，一大片的菜地，要花上几个小时浇灌。开始种的菜苗小，不觉繁忙，随着瓜果菜长势快，用水量大，管理的劳动强度增加，遇到几个月都不下雨的年份，菜与人争水喝，只好放弃瓜果菜，保证人的用水需求。

菜终归是人吃的，伺候了几个月的菜地，有些眼睁睁看着没水旱死，老胡受到严重的打击，会发牢骚，“明年再也不种这么多菜了”。过了一个冬天，老胡又在盘算着来年山里要种的瓜果蔬菜，而且种菜面积不断地拓展，犄角旮旯都会整出一小块地来。房前屋后有空地都利用上，去年说的话，又抛到九霄云外。

上山初期，经常有些动物在房屋周围活动。有只凤头鹰一到夜晚就停留在二楼凉台楼梯上过夜，第二天一早，留下一堆夜晚贡献的粪便，飞出去寻找食物，周而复始地有大半年时间。有一回老胡回城时间较长，凤头鹰也不见了踪影。如同燕子一样，没人住了，燕子也会弃家出走。

灰胸山鹪鹛长期在山里走动，不见老胡伤害它，有时带着幼鸟出来寻食。老胡第一次见到这种鸟时，逮着两只幼鸟，知道我在做鸟书，打电话给我要不要留下来，我正好有事，上不了山，也拍到过，就让他放了。过后老胡说，失去了幼崽的雌鸟在不远处狂叫，一直等到放生后才停住了叫声。老胡认鸟的方式还是沿着老家的俗称，带一口的闽南腔调，我也听不懂他说啥，不去深究。

房屋周围，一到夜晚，路灯下昆虫聚集，误打误撞地飞行，吸引了不少的蛙类光临，经常爬上晒衣的竹竿上，光滑的水泥及石头上，等待不知死活的昆虫充饥。大树蛙是常客，近距离与人接触也不怕，树上、墙上、竹子边，有时就直接挡在家门口，若无其事地从你脚边跳过，用手机近距离拍摄，也无动于衷，目中无人，感觉它是这里的主人，我们倒成了客人。

老胡说有一只大树蛙每天晚上都爬到竹竿上与他相伴，陪他乘凉。寂静的山林，没有城里的喧闹，除了动物，少有人在喧哗，这只常过来与他做伴的大树蛙，也能编出一套不知可否的故事，自编自说得意得很。

十几年过去，老胡生了一场大病，轻度偏瘫，右边手脚也不太灵活，老胡还想着山里的农活，坚持要上山劳动康复。重回山居，操起了唯一能让他有成就的事业，种上各种瓜果蔬菜，看见丰收成果，就会神采飞扬，心满意足。如今八十多岁的高龄，种菜已经是力不从心。秋季果树的锄草、施肥已经放弃，果树也没了收成，杂草、甜竹占据整个果园。

山下的菜地成了荒地，老胡又在房

屋周围找地开垦，经过两三年的劳动锻炼，老胡的手脚明显恢复，看不出有一瘸一拐的症状。山里的劳作，给他带来精神与身体的综合训练，忘却自己的病情，比起城里花钱的康复训练要强。如果办一个简易的、以劳动为主的偏瘫康复训练中心，是个不错的选择。

老蔡得了“阿尔茨海默病”，也就常说的“老年痴呆症”。眼前的事随后就忘，过去的事还能记得一些。我母亲也是这个病，是狂躁型的那种，一天有二十多个小时都在吵闹，弄得自己伤痕累累也不知疼。在老家的兄弟姐妹都架不住她的吵闹，个个搞得精疲力竭。去世后剩下皮包的骨架，没了人样。

老蔡是安静型的，吃了就睡，也不爱动，喜欢吃的胃口大开，不合胃口吃的就少。吃地瓜一日三餐都可以，吃不腻。糖尿病的药吃了很容易饥饿，饿了抓起零食就吃，爱吃甜食，说多了不高兴，甜的食品都藏起来，不在她的视线里。

老蔡与老胡寸步不离，只要一分钟未见老胡的身影就会大喊大叫：“火龙啊，火龙啊”，老胡有时会从卫生间冒出一句文明用语“邦塞了”（闽南话，拉屎）。省话剧团的侄女，会从中加工表演她们精彩的对话，一家人相聚时，经常拿出来表演一番，博得大家哈哈大笑，老胡与老蔡也跟着乐。

老蔡跟了老胡相伴久了，也会几句闽南话，老蔡的山东普通话难听懂，但老胡能听懂，在一起时间长了，两人动动嘴就会心领神会。人老了，鼻涕不受鼻子的控制，老蔡看见了，就会训着老胡去擦；老胡看见老蔡流出鼻涕，会去抽纸给她，老蔡心领神会知道鼻涕又流了出来，老胡表现绅士得很，举止得体，行为文明。

老蔡没了牙，有时吃饭将整排的牙拿下来放在桌子上，我第一次见，吓了一跳，牙齿怎么吃掉下来了，还没来得及问，老蔡又将一大排的牙放入嘴里，进出自如，丝毫不影响进食。

老胡耳背，说话声音要很大，大多时间都听不见别人说什么，沉浸在自己的世界里。电视机、收音机要开最大挡，震得地板都在动，他浑然不觉。有的时候声音很小，他也能听见。我怀疑他故意装聋作哑，与老蔡对话选择性听，对他有利的话，他就接几句，对他不利的话，就装着听不见，大智若愚。说到老蔡现在离不开他时，他一脸无奈，“没办法，一步都走不开”，可心里充满了自豪、得意。心想，笑到最后，还是没我老胡不行。别看老蔡脑子有病，凶起老胡来照样不含糊，老胡只能嘿嘿地傻笑，没反击的余地。老蔡心想，一切都在掌控之中。

两人高兴时，老蔡会唱一段山歌：“妹妹啊坐船头啊，哥哥啊岸上走……”老胡手中配着药，也跟着哼上几句，歌词背不下了，但调子跟得上，关键的歌词“恩恩爱爱”唱得嘹亮清晰。

壹·老胡在菜地劳作时，老蔡坐在地边，干一些力所能及的事

贰·一天吃的青菜，是自身劳动的成果

叁·老蔡不打瞌睡的时候，视线不离老胡的身影

肆·萝卜最适合山里栽种，每年都会有不错的收获

伍·老胡最惬意的时候，就是自己搬一把椅子，找一凉风地，看着自己的菜地，盘算下一部的计划

陆·吃了二十多年的药，一日三餐，认真分配，按时服用，雷打不动

柒·老蔡大多时间都在昏昏欲睡

捌·老胡也经常指挥老蔡干点地里的活，老蔡也会主动要求帮忙

壹

贰

叁

肆

伍

陆

柒

捌

# 墙角下的天门冬

房屋的墙脚下有棵天门冬，算起来有二十几年的阳寿。秋季过后，就脱下身上的绿装，细细的藤条随着冬天的寒冷慢慢枯死，不见了踪影。埋在泥土里的天门冬，静悄悄地度过冬季，享受着一年一度的静养休眠期。

来年开春，一条长长细嫩的爬藤，快速地生长，比任何植物都要急迫，只要有比它高的植物，它都爬了过去，不用广而告之，征得邻里的同意，毫无顾忌地抢占地盘，享受阳光的滋润。几个月后，周围几米之内的小树冠上，都有它霸占的身影。细小藤枝，细嫩的针叶，处在了最显眼的位置，其他植物黯然失色，无可奈何。弱小的植物，往往最先从冬眠中苏醒，抢占时机，争得有利的生存空间。

入夏，停止了爬藤的疯长，细小的叶片，青绿色，枝干有硬刺，分枝较多，开着白色或淡红色小花，别有一番景色。浆果为小球形，初时为淡绿色，进入中伏，浆果渐渐变成白色，褪去一层白色皮，里面露出黑色果子。藤枝上，剩下不多的尖细的绿叶，显得孤单无力，黯然失色，众多营养让给了果子。

上中学时，家住在医院，经常到中药房去玩耍，抓药、称药，认识了不少的中草药。什么当归、茯苓、甘草、党参、熟地、生地、北山楂等。大麦冬、小麦冬、天门冬都放在相近的药柜里。

小麦冬、大麦冬可种植观赏，细条绿叶，还开着紫色的小花，可当景观布置。房前屋后，公园都有种植。麦冬有养阴生津、润肺止咳的功效，也是常用的植物药。

刚到山居的几年，生态环境好，房屋周围的老鼠、蛙类多，引来蛇在屋边犄角旮旯的洞里建窝。蛇农嗅到了气息，提着蛇皮袋在房前屋后转悠，不一会，藏在屋檐下洞穴里的蛇就被捉住，他到手的是银子，可卖个好价，我清除房屋的隐患，双方皆大欢喜。即使是当今，蛇在我周围盘踞，也绝不允许，这种让我看着恐惧，浑身起鸡皮疙瘩的生灵，极不喜欢，离我远些好。

蛇农大多知道一些中草药，眼睛早就瞄上了蛇洞边的这棵天门冬，想顺手挖走，被我制止，蛇可以抓走，此物不可动。原想搂草打兔子的蛇农，失去了一个捞钱的机会。几年后也未见蛇农过来偷挖，估计价值不大，没了蛇，来一趟不值，天门冬安然无恙至今。

天门冬躲过一劫，从此每年定期从地里冒出来“打卡”。这几年，藤枝发生了变化，开始叶多藤多，如今浆果占满了枝条。土里的天门冬经历多年的修行，会不会长成东北的“老山参”模样，细长、苍老，结实。都说千年的老参会成精，人们采集到要披红，放鞭炮，有一套敬畏的仪式。天门冬躲在屋檐下的墙角二十多年，能成啥样？是成“精”还是成了“仙”，真想挖出瞧瞧。成不了“仙”，沾些“仙”气。

野生天门冬藤枝无序爬行，可做成盆景观赏，但要细心照看，阳光不能直射，水不能浸泡，适合的环境才能成活。最好是既不用照看管理，又能快活成长的植物摆放家中，娇贵的植物不碰为好，枯死了影响心情。房角下这块地，适合它的生长，不用管理，春夏秋冬都能按时出场争春夺艳。

壹·细小的枯藤已经穿上绿装
贰·进入四月，绿装上又盛开着朵朵的小白花
叁·五月开始由花变为芝麻大小的嫩果
肆·每棵小花都能变出五六个青果
伍·入秋，褪去绿装，枝藤上挂满了外白内黑的果实

贰

叁

肆

伍

# 秋天的蚂蚱

进入秋季，山上的蚂蚱最多。

这个季节也是山里最舒坦的日子，雨水少，天干物燥，不冷不热，心旷神怡。山里的蚂蚱较小，干枯的草丛里，人走过就四处蹦跶，乱飞乱跳，通常不会飞远。飞蝗、稻蝗较大，飞翔都很远，偶尔见到几只，但不多见。

捉蚂蚱，要控制两条后腿。它收缩时高高隆起，方便快速发力起飞跳跃。腿后端一节带锯齿状，蹬弹力量加后端的锯齿，发出的力量不可小觑，弹在手上还有些疼痛。

蚂蚱食杂，蔬菜、果树、杂草叶子、嫩茎、花蕾等都是它的食物。锋利的牙齿将叶片咬成残缺或成孔洞，吃剩的丢弃，大多枯死或不成模样。

自家种的菜从不打农药，昆虫大行其道，除少数种类的蔬菜味道较重，如春菜、香菜、大蒜（不打农药可生长，属放心食品）昆虫都不触碰。常见青菜、瓜果类都是昆虫的果腹之物，不打农药就会颗粒无收。蚂蚱也在其中，该吃的一样都不会落下。

老爷子为了灭虫，不用农药，试了很多种防虫办法，菜叶上洒辣椒粉，烧柴灰喷洒菜上，结果虫还没死，菜没顶过此类防护，个个被烧得焦黄，灰头土脸，没了品相。

蚂蚱偷吃菜并不会久留，吃饱后就会迅速躲藏在叶子后面，有动静就一蹬腿飞得无影无踪。倒霉的是软体虫子，行动缓慢，吃饱了就停在菜叶上不走，等待化蛹成虫，翻开叶后就能轻松捉拿。虽然伪装术不错，虫体与菜叶色彩相似，但隆起的身躯，还是很容易被发现，清除并非难事。

虫吃青菜只是一部分，蚂蚱的破坏功不可没，但很难发现它有直接破坏的证据。一次在菜叶上寻找昆虫时，见过它诡异的踪迹。

据说蚂蚱的营养价值很高，网上一查，有治百病的功效。含有丰富的蛋白质，提高身体的免疫力。只要与蛋白质扯上关系，吃货们都会勇敢地去尝试，不受外形怪异的影响，个个都是勇敢吃螃蟹的人，相信一个道理，吃进肚里都有补。

蚂蚱的吃法五花八门，常见的做法是油炸，酥脆可口，越嚼越香。只要是用油炸的食物，一堆狗屎，也能炸出香味。

要说吃动物，中国人远不止第一个吃螃蟹的就是英雄。人类出现开始，就以游猎为生，吃野生动物是人类赖以生存的主要方法。人从骨子里、血液中都流淌着动物基因。如今，中国境内的野生动物数量急剧下降，活着的大型动物成了珍稀物种，大多都列入国宝，比人命还珍贵。

中国人长期形成吃野生动物的恶习，如今，对野生动物的交易和食用作了严格的规定，肉食动物稀少珍贵，开始对昆虫下手。各种报道推波助澜，有病治病，没病防病。油炸的蚂蚱香、脆，色泽金黄，将国人胃口高高吊起，大有不吃枉为人之势。对号入座的病者，更是“宁可信其有，不可信其无”，吃得许多昆虫成了稀缺物种。

蚂蚱，早已经进入国人美食名单，名气与蝉虫不分上下。山居周围的蚂蚱种群多，个头小，放进油锅一炸就焦煳，成不了气候。种群多的飞蝗，是主要食材，有嚼劲，配上好油炸出香气，回味无穷。

如今非洲出现蝗灾，有人说调一批中国食客前往，既消除了蝗灾，为国争得荣誉，也满足了国人出去旅游的热情，尽享口福，一举多得。最好带上中国的大厨，除了烹制蝗虫技术，还会有新发现，中国的烹饪技术独一无二，只有你想不到，没有做不到的。广东人煲汤一流，东北的乱炖，四川的麻辣，再恶心的动物都能做出吊足你胃口的美食。

蚂蚱属较低级别的物种，是鸟类、两栖、爬行动物及其他昆虫的食物之一。蚂蚱对农作物有极大的伤害，与人为敌。飞蝗是自然界三大灾害之一，吃它天经地义，与人类作对，都没好下场。

我对蚂蚱没那么憎恨，吃点种的蔬菜也不伤大雅，它能吃的蔬菜，我也能吃。它算是宫里的太监，为皇帝试菜的那个，为我抵挡着有害物质的第一道关口，心里虽然有点阴暗，但比用农药灭了它，要善良得多。

奇形怪状的蚂蚱，色彩充满着神秘。菜地的蚂蚱，全身青绿色，它不跳动，很难发现。有些个头小的蚂蚱全身通透，强光下，能看见内脏的分布。干草中的蚂蚱，身上黑色、灰色、土黄色，出现的条纹，如干枯的枝叶，人走过飞起，落到枯草里，不仔细地观察，也很难发现它的踪影。蚂蚱体型的大小、色彩分布、形状不一，大多与生境有关。身上的伪装术，经过千百年的进化而形成，值得人类去探究奥秘。

老话说，“秋后蚂蚱，蹦跶不了几天”，说明蚂蚱熬不过冬天，寒冷是它的克星。福州已经进入大雪节气，还能看见几只蚂蚱身影，活跃程度比先前差了很多，气数已尽。山上早晚气温都在十度上下，天气虽冷，但不冻，零下的温度极少，但霜冻频繁出现，大多蚂蚱生命至此终结，产下卵子，静等来年的转世。

壹

贰

柒

拾壹

壹—拾叁·山里各种奇形怪状的蚂蚱

叁

肆

陆

伍

拾

捌

玖

拾贰

拾叁

壹·无论多么曲折，生命终将绽放

贰·东北小店，出售冰冻后的蚂蚱，成了人们桌上的美食

叁—捌·山里各种奇形怪状的蚂蚱

叁

肆

伍

陆

柒

捌

# 屋檐下的蚂蚁

壹·步调一致

贰·一滴蜜水，吸引众多蚂蚁吸食

叁·一只误撞进屋的蚂蚱，成了蚂蚁的大餐。蚂蚁通宵达旦地忙碌，最后吃剩下了几块翅片

肆·含苞待放的花蕾，吸引着蚂蚁的造访

壹

贰

叁

肆

蚂蚁是山里较小又常见的动物。地下、树上、屋里、屋外无处不在，有成群结队，也有散兵游勇。

分散在外的兵蚁，发现食物，自己搞不定的，就会尽快用自己特有的方式传递信息，大批的蚂蚁就会顺着最捷径的路线聚集在一起，经过商议，众蚁合力，将食物搬入洞穴中。搬不走的就聚集在一起大快朵颐，吃得干干净净，不留残羹剩渣。

山居的房子，背靠山。森林中的昆虫不时地光顾，蜻蜓、蝽虫、蝴蝶、蛾子等都是常客，时常听见撞击玻璃的声音，就知道进来的是未经主人准许，森林造访的昆虫。

一只蚂蚱，误打误撞地飞入屋里，空阔的室内都是玻璃带纱窗，进来容易，出去不易。白色的玻璃，迷惑动物也迷惑人，各种进门的大小动物都难逃厄运。

常进屋里的苍蝇，会在窗户的玻璃上撞很久，昏头昏脑的，百思不得其解。地球的空间还会有无法穿越的暗器出现？生命演变中，就没有躲避这种白色又无法辨识的玻璃基因。有放弃的，还有头对着玻璃不断撞击，而出现短暂晕厥掉入窗底，等醒过来后，又重蹈覆辙。

蚂蚱进屋几天，没吃没喝，已经奄奄一息，平时立着的身子，四肢无力已经渐渐倒向一边，正好被散兵蚂蚁发现，在周围转了几圈，评估了一下自己的实力，单兵作战不可能取胜，立即原路回奔，碰见自己的同伴，短暂交头接耳后，同伙立即调头回转传递信息，自己往回守住食物。传递信息的兵蚁用同样的方式交接下个同类，独特的传递、聚集方式，不一会儿，蚂蚱周围集结了足以控制蚂蚱的蚁群。大家团结协作，分工明确，先将其腿咬着，几只强壮的蚂蚁控制其身体的要害部位，蚂蚱用尽了最后的力气弹腿，翻身挣扎，群蚁的纠缠、撕咬、锲而不舍，同时分泌出蚁酸（也就是甲酸）进入其体内，蚂蚱难以脱身，加速了死亡的进程。最后两腿伸直，两翅松散，停止了原地打转。蚂蚁越聚越多，占据了蚂蚱的整个躯体。

经过几个小时的吞食，天色已晚，未见蚂蚁有停歇的迹象。一拨又一拨地轮番上阵，大有不吃干吃尽决不罢休的势态。夜色中，一条黑色的线条在慢慢地移动，缓缓消失在无光洞穴里。

第二天清晨，蚂蚱不见了踪影，剩下几片零散的翅膀随风飘移，还有几条肢解过的前脚，留在了原地，躯体献给了弱小不起眼的蚂蚁。

忙碌了一晚的蚂蚁，个个吃得撑肠胀肚，进入白日梦里。

# 无孔不入的榕树

不知啥时，我家凉台上冒出来了一棵小榕树，从大水缸的后面伸出了绿叶，当发现它的时候，足有一米多高，移开水缸后才看清根从墙内的缝隙中伸出，褐色的小树干两尺多高，主干有大拇指粗，榕须紧贴墙面顺着墙缝往下延伸，光秃的根系靠着少量的黑泥顽强地成长。

刚住进新屋，为了美化一下环境，在凉台上种了几棵带花的盆景，几年折腾下来，好看的花没见长好过，凉台上冬凉夏热，福州的夏日气温排得上全国的前几名，炎热时间长，到了十月份晚上睡觉还得开空调。南方入秋，一场秋雨一场寒，早晚温差大，可在福州，春夏没有明显的气温变化。高温下养花，又不了解花的习性，加上有时出差几日，再贱的花，也经不起几天不浇水还能生存，大多死的死，残的残，想象花样的凉台上，都是一地的残花败柳，不堪入目。换了几次品种，都不尽人意，死不了，活得也不像样。有心栽花花不开，无心插柳柳成荫，一个不用花费心思的榕树，倒是善解人意，不经意地就冒了出来，还大有成荫的势头。

福州号称“榕城”，自然与榕树脱不了干系。街头巷尾，江河溪边，城市的内河，都是榕树生长的极佳地，气候、河道、肥沃的土壤、砌石出现的缝隙，都给高大的榕树创造了生长的基础。百年以上的榕树，上了古树名录的都有好几百棵，号称“千年榕”的也有不少。榕树穿墙破屋，攀岩附壁，顽强的生命力令人惊奇。

二十世纪九十年代末，台江区、仓山区一带，还有许多居民住户，房屋搭建在榕树下，房屋围着榕树下搭建，高大的树荫遮挡护着一家人栖息地，榕树枝干顺着窗口，墙缝向外延伸，任满屋舒展，破墙而出，高大的榕树庇护着家人的一年四季，冬暖夏凉，起早摸黑，天人合一。如今场景早已被现代的高楼大厦，钢筋水泥房荡平得无影无踪。

当然，碰见刮风下雨，在榕树下住户就没那么幸运了，从穿墙伸出去的树枝并非密不透风，树木挤压生存空间，再牢固的墙体也无法经受树根扩张的本能，强大的生命力将沙泥挤碎，就是钢筋也得弯曲着让路。风雨不时地从缝隙中渗透，房外下大雨，屋内下着小雨，住家似乎习以为常，纷纷将家中的大盆小桶拿出来接雨，好像什么事都没有发生过。高大的榕树还有抵挡狂风暴雨的功能，也许当年建房躲在榕树下的初衷吧。墙体缝隙大了，等雨停后，用水泥再糊上，生活照常进行，日子又回归正道，日出而作，日落而归。

凉台上的榕树种子是如何飞了上来，我有极大的好奇心。经常看见很多福州榕树长的不是个地方，人们并没有刻意地去栽种，随意性生长随处可见。我家的凉台离地面约二十米，从远处望去，最近的榕树离凉台也有百米，能飞过来的种子只有两种可能，鸟的粪便或刮风吹入。凉台上经常看见斑鸠、麻雀、白头鹎的到访，拉出来的粪便没消化，落入墙体缝隙中而成树苗的可能性是存在的。台风的肆虐，旋转的气流裹着种子随意飞舞，将各个物种进行搬迁转移，有可能带到百公里以外的地方。从楼下的墙体缝隙处都能发现榕树苗的影子，只要没人去有意清除，房前屋后都有可能出现榕树高大身影。凉台的榕树种子，我更相信后一种的可能。

榕树种子的搬迁，带来另外一个提示，物种的迁移，花粉的传播，不可能只是鸟类或其他动物的功劳，台风、龙卷风是最有可能将物种进行转移的自然现象。

凉台的榕树，关注它的存在约有五年的时间。《中国鸟类图鉴》问世，对生态出版的认识进入了一个新的高度，自然界的植物、动物、真菌都有一个新的诠释。好不容易凉台出现一个活体，自然界的范本，自然就不会像杂草一样清除掉，自家一棵榕树用来观察研究它的生长过程，意义重大，信心满怀，期望高涨。

想象中的一棵榕树能在凉台上遮风避雨，罩着夏天的酷暑，凉风习习，风景如画，盘根错节的榕树根在白墙上，如同一幅自然的立体壁画。壮观的场景激动人心，发现自然秘密，又得一幅自然风景画，心里暗自偷着乐。

几年的时间，不费人力物力，榕树已经长到快两米高，枝繁叶茂，有点支撑不住快速成长的身躯，整个树的主干已经往里倾斜，枝叶已经影响到凉台晒衣走路的空间，我只好用绳子将树枝的上部位捆绑在铁条上固定，这也是唯一的动手照顾。自从见到榕树在凉台不用动手费工费时也能成长，其他的盆栽更懒得管理，自生自灭也行。

事与愿违，天有不测风云，一场台风暴雨的出现，击垮了凉台风景画的所有梦想。水漫凉台，唯一的出水口被堵，前几次清除了盖子面上的树叶，管道畅通，原以为是树叶堵塞，这次的危机并不在树叶上。伸手摸入洞口，才发现树叶掺杂着细根将洞口堵得严严实实，用尽力气，榕根丝毫不为所动，如同钢丝紧扎，好不容易拨出几根细小的榕须，但丝毫没有动摇洞口的排水管的出水，事态严重性进一步地扩大，将水缸移动后，才发现，一部分榕根盘踞在水缸的凹凸部分，靠着阴凉储水供养，另一根部已经渗透到房屋的墙体内不断地延伸，原有的墙体缝隙在不断地扩大，表面的白灰已经脱落，看着眼前的场景，天然壁画荡然无存。疏通水道，救护墙体，不能让积水继续蔓延，墙体破裂继续扩大。当务之急，先通水，后救墙，找出了通厕旋转钢丝，伸进下水管道来回搅动，积水正在慢慢流出，危机得到缓解，风雨也没继续，清除钢丝般坚固的榕根，并非易事，只能等待雨停日出进行下一步的清除方案。

一晃五年的时光，从一棵小小的榕树苗，已经长到快两米高，初见成型的小榕树。平时一个大水缸挡住树根的下半部，根底的变化一无所知，每天早晨上凉台洗漱时看见往上长的绿叶树枝，长得过密就剪去几根枝，不用更多的打理。这次的大雨才移开水缸，真正看清了这棵榕树的全部尊容。繁茂的树叶，有着大量的根系基础，吸收营养水分来自三个部分的供给，墙体内的根须，水缸下的盘根，水道下的根系，大量的水分还是来自下水道口，是接触到水分最多的地方，支撑树干往上生长的动能。

过去老建筑，泥土砖瓦混合结构，榕与人合理居住可行，如今钢筋水泥的高楼建筑，碰到如此强大生命力的植物，存在着很大的安全隐患，清除是必然选项。先将榕树的主干剪断，买来疏通下水道的药水，倒下一瓶让其根部腐烂，没了树干、树枝，是否干枯死去，还是生命的延续，只能看剧情发展。

一个月过后，情况未见好转，榕树顽强的生命不想屈服，霸占下水道的根系丝毫没有松动，大雨来临，凉台涨水照旧。

先找工人过来清理，原以为简单清除，变得复杂艰险，长出的树枝好清理，延伸到墙缝的根茎已经发展到墙体外，伸进下水道口的榕根只是去除表面的部分，大量的根系长在了水道弯口处，大雨一来，还是水漫凉台。伸头外墙一看，水道弯口处有一丛杂草，长得生机勃勃，光照与水源充足，维系着杂草的生长，浓密的根系已经堵塞了水道管内，从凉台口已经无法清除到弯道处，只能翻墙到外拔除，简单的清理演变成高危作业。

要从五层高空作业，难度系数加大，我有恐高症，二十多米的高度，往下看头发晕，两腿发软，只好又找来两个朋友帮忙，带上绳索保护措施，一个人拉着套在身的安全带，移到墙体外的道口。一丛不起眼的杂草，在榕根的掺和下，树叶及其他杂物，相互纠缠，如同铁丝般牢固，堵得水泄不通。高空中不好操作，只能一根根地抽丝剥茧，慢慢地松动缠紧的根须。我想，如此牢固的杂草丛，它自己不想死，还真奈何不了它。

经过了一个多小时的清理，大量的榕须杂草被抽了出来，从上往下的水道已经水流通畅。我这位朋友干这活并不专业，加上人又胖，等回到平台，已经是汗流浃背，两腿发软，最后来了一句，我也有恐高症。

年过百岁的榕树，是神树，人们供着、敬着，城市建房房让榕，修路见榕路改道，有虫害还得花力气医治，小心翼翼，呵护有加，除非天灾，生老病死，活上个百年是常见。但榕树长在凉台上，终究选错了地方，不是按照人的愿望发展，演绎了一场人与榕树的博弈，不识抬举，没创造出美景，还制造麻烦，极大地影响了我的正常生活，我只好让它断子绝孙，不留后患。

有些年代的水缸

壹｜贰·房屋周围，细小的榕树苗从墙缝、墙角冒出，随处可见

叁·凉台的一棵榕树，如同一座大型盆景，风光无限

肆·强大的根系，下水道的水，是榕树维持生命的主要来源

伍·根系分布广泛，四处延伸

陆·水漫凉台，榕树须惹的祸

柒｜捌·根除还要费些力气，用了铁锹加剪刀，才将榕树根与墙体分离

叁

肆

伍

陆

柒

捌

壹·距离住家地不远处，小区栽种着一排榕树，估计也生长了一二十年

贰·八九月榕树开始结果，粉红色挂满树枝

叁·从榕树上掉下的成熟果实，红、白、黄、黑都有，随着时间的推移，外皮的色彩发生了变化

肆·果子落到树根下，由粉红色逐渐向深紫色转变

伍·行人踩踏成粉状，干燥后随风飘散

## 没有冬季的冬天

刚进入冬季，
春天就争着交接，
冬日只见头，
不见尾，
冬季卡在秋冬天。

# 冬寒水冷

爬山虎脱下了红装绿衣，裸露的藤蔓，光秃的藤根显露清晰，如同解剖过的人体毛细血管，暴露在光天化日之下，没了往日的朝气，留下几片红叶不愿离去，还支撑吊挂在藤条上。几串熟透酱紫色果子在墙角处，迎风晃荡。一年即将终结，冬天来了。

前哨兵北红尾鸲的到来，预示着大批的冬候鸟来临。鸟友们个个打足了“鸡血”，倾巢出动，在鸟类出没地观察、记录、拍摄，享受人与自然最和谐的美好时光。

过了大雪节气，一股寒流由北向南快速推进，福州的天气降至十度以下，山里的气温迅速归零。村民早已从箱柜里翻出冬天的服装，穿上厚厚的羽绒服，戴上冬天的帽子，两只粗糙的双手，插入衣袋，行动缓慢地在村里漫步。太阳出来，都汇集在一起，找到一处聊天的空地，家长里短，各自畅所欲言。从电视里看见的名人趣事，或从手机得到的小道消息，评说世界大事小事，指点江山风云变幻，关不住闸门的鼻涕，没了牙的嘴，唾沫四溅，过足了嘴瘾，聊到吃饭的点，各自回家，耷着脑袋装“孙子”，找回了自己的角色。

山里的小草枯萎，落叶凋零。干草地里，已经看不见蚂蚱蹦跶的身影。地蛛也躲进了洞穴深处，不见了踪迹。阳光下有一只小灰蝶，在冬天开花的植物上穿梭，吸着最后的花蜜。满山的植物停止了生长，一片萧条景象，大山累了，进入了休眠期。

田地的农活大多停止，入冬进补，犒劳一下自己，备足年货，期待远在外地打拼的儿女归来，享受一年中最温暖的日子。

松鼠、蛇、蛙、蝙蝠及昆虫，早已储备好了过冬的能量及食物，躲进了安全温暖的洞穴里，减少活动来维持其最低限度的身体能量消耗。

三个月的冬眠动物，在梦中回放着一年山居生活的场景，做着来年美好的梦想，待到翌年春暖花开，冰消雪融时，从蛰伏中苏醒，又是阳光灿烂，充满活力的年景。

壹·腊梅花，香自苦寒来

贰·四季桂，不论春夏秋冬，刮风下雨，天寒地冻，都按照自己的节奏散发馨香

叁·山里的寒冷，最大表现只有霜冻，青菜表面留下白色的结晶体。有种说法，打过霜的青菜特别好吃，青菜为了抵抗寒冷，将淀粉转化成糖

肆·深秋盛开的红叶，大寒了都不愿离去

# 没坐过车的农家菜

山居的优势，除了有充足的阳光、清新的空气和纯净的水之外，还有一片自己能种菜的园子。

到闽北乡下采访，村干部都会自豪地介绍自己烧好的一桌菜，没坐过车的农家菜放心吃。如今城里买的菜，大多打过农药，使过化肥，用激素催着长大的。品相越好看就越有问题，吃的人心惊胆战，生怕中了大奖，不治之症上身。商人摸准了城里人的心态，打出生态有机肥菜，生态鸡、生态蛋，提高了食品价格，换取高额利润及信任，但大多是换汤不换药，玩个文字游戏，换了说法罢了，不靠谱得很。

城里有医疗保险，有点钱折腾，小病大治，重病、绝症落得人财两空。农民生不起病，重病只能等死。农村人都知道，现在种菜少不了化肥、农药，真正原生态的蔬菜留给自己吃，能快速赚钱的食物卖掉。养一年的猪、羊、鸡、鸭，除了自己吃，剩余的分给亲戚朋友，价格虽然翻了几倍，比起到医院看病，都是小钱。生个小病，几只鸡没了；生个大病，几头猪、牛、羊没了；得了绝症，命没了。

山里住了二十几年，瓜、果、菜种了无数，不用农药没菜吃，不用化肥菜没样子。自己吃不卖，也不看品相，昆虫能吃我就吃，它先尝我后吃，等同太监给皇帝尝菜，设了一道防护墙，大家同生共死。

山里的好处，有一块菜园子，一年四季吃的都是放心菜

壹

贰

叁

肆

伍

陆

壹．冬季最后的日子，气温升高，白菜开始抽芯开花

贰．立春后萝卜开花，只能欣赏，无法食用

叁．胡瓜，吊在树上生长，是菜园子最亮眼的明星

肆．去年留下的残枝，今年又长出西红柿

伍．适合山里生长的花菜

陆．小西红柿，成了绿菜园的点缀物

柒．爬上树的蔓藤，挂着一根沉甸甸的丝瓜

壹·五月初，黄瓜开花结果，黄守瓜不失时机地出现啃食嫩叶与花朵

贰·阳光充足，雨水充沛，是花果成熟的旺期

叁·入秋，黄瓜生长进入最后的结果期

肆·丰收的季节，天然的农家菜

伍·寒冷的天气，包菜一片片地将叶子裹紧过冬

# 辣椒

按理说，福州可以种植辣椒，但不宜吃辣。理由是，福州属温热地带，有充沛的雨量及充足的阳光，适合辣椒的生长。不宜吃的原因是，此地有温泉，整个福州坐在温汤里，辣椒热性，外加地热包围，一般人难以承受如此热量。

二十岁前，大多时间生活在江西，长年与辣椒为伴，无辣不下饭，不辣食不香，辣椒成了生活必需品。当兵在福建泉州，没了辣椒吃，三顿饭变得食无味。江西进贤县有个兵，一天没吃上辣椒，人就无精打采，说话也没了力气，如同打了霜的菜，蔫了。有一天，不知他从哪搞来一瓶辣椒，小个，米黄色，如获至宝，一定要让我尝尝，很久没吃到辣椒，迫不及待地捡了一个送到嘴里，还没咬下去，辣椒素迅速蔓延到整个口腔，舌头发麻，头脑发胀，全身开始冒汗，大口吸气吐气，随即吐了出去。从小到大，吃了二十几年的辣，真没碰上这么辣的辣椒，让人无法承受，不像是辣椒，更像是化学药品配制的高浓度辣椒素。从此对辣椒有了新的认识，此椒角尖翘上天，美名朝天椒。我这位战友倒是若无其事，吃得满头大汗，还说痛快、过瘾。过后人变得有了精神，说话也利索，干活也有了力气，只是人有点傻，二杆子一个，在部队分在炊事班，干的是养猪工作。我怀疑是高纯度的辣椒吃多了，烧坏了脑子。

二十世纪八十年代初期，福州街上也没见有吃辣椒的店，更少见吃辣椒的人，碰上热性食物，都一个劲地“呀耶、呀耶”。本地人都遵循“一方水土养一方人”的生活理念，菜里少不了放虾油、白糖，清淡带甜。改革开放后，中国人口开始大流动。江西、四川、湖南几个吃辣椒的大省，纷纷走东南，窜西北，能吃辣的几个大省的人来到福州工作生活，吃辣，那是饮食中的大事，是必需品。有需求就有市场，随后各地的辣椒餐馆应运而生。江西人吃辣叫“不怕辣”，四川人吃辣叫“怕不辣”，湖南人吃辣叫“辣不怕”，各自地区吃辣都冠有美名。吃辣的餐馆纷纷登场，拿出绝活，将辣椒革命运动进行到底。辣味飘浮在福州大街小巷上空，浓浓的辣椒气味，冲淡了福州菜的酸、甜、虾油味。吃辣椒的外地人，带动了不吃辣椒的本地人，彻底打破了福州人原有的生活习惯。福州人流动到吃辣椒的省份工作生活，被迫也吃上了辣椒，犹如吸食了毒品，吃上了瘾。

我体质属热性，在福州地域吃辣椒、油炸的食物就上火，口腔溃疡、脸上长青春痘，几个星期都不得好。贴溃疡药膜，吃维生素$B_2$，往往折腾很长时间，痛苦得很。等火气下降，稍有好转，又想吃辣，同样的毛病又犯，周而复始，痛苦至极。

也不是每个外地人都不能在福州吃辣，我属特例、少数人群，要不江西、四川、湖南菜馆早已关门大吉了。本地人与外地人交融一体，口味也就相互迁就，彼此达成共识。

如今辣椒新的品种层出不穷。有大青椒、扣子椒、灯笼椒等。色彩也是五花八门，有红色、白色、紫色、橘黄色……菜椒，有青色、红色个大，但不辣，可凉拌食用，吃起来还带甜，称为“胖椒”。还有辣椒粉、辣椒油、辣椒干。但要说起“辣王”，辣得汗流浃背的要数朝天椒小米辣了。但与国外最辣的比都是小儿科。据说印度发现了“断魂椒”，纯辣椒素都高得惊人，一滴到舌尖上，会有什么样的反应，想起都头皮发麻，舌头发硬，浑身冒虚汗。

山上种的辣椒五花八门，什么样的品种都尝试过。从江西弄来的辣椒苗，有胖的，有瘦的，有大的，有小的，到了山上栽种出来都变了样，失去了原味，辣的不辣，皮厚肉少，不正宗，口感也差了很多，远不如江西辣椒的味纯。物种的变异，会随着地域环境而改变特性。

随着年龄的增长，免疫力下降，经受不起这种高强度的刺激，吃辣习惯慢慢改变了。地里收获的辣椒吃不完，两老人就会花时间剁碎，与盐、大蒜、豆豉拌好装进瓶里慢慢享用。太辣不能吃，不辣又不好吃，到最后还是送给他人享用。

在山上种辣椒不用费太大的力气，就会有收成，收了一茬又一茬，冬季来临，天气寒冷，还会开花结果。门口有棵辣椒，长了三四年没拔除，每年还会生长，又辣，又小，皮又厚，只当配料用。炒菜想辣就放点，摘上几个切碎放进锅，不失辣的本色。

冬，有点凉意，辣椒却给人暖暖的味道。

壹·朝天椒，长时脚朝天，有辣气冲天的气派

贰·收获的辣椒形状不一，失去了原样，少了纯正口味

叁·好看不好吃的青辣椒，皮厚，微辣

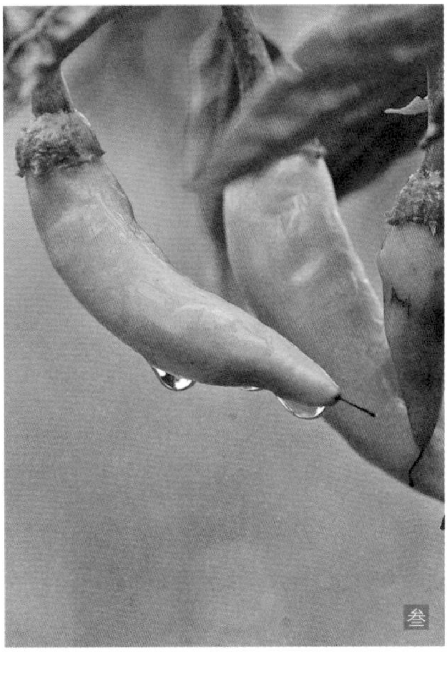

# 芥菜

芥菜，吃起来有苦味，很多虫都不触碰它，但叶上会出现许多白色小点，一般都是鞭毛菌雁门真菌导致，吃时要注意清除干净。芥菜只要底肥施足，稍加浇水管理，都能长成半人高，冬天霜后，更加苦中带甜，是山里人过冬的最佳菜肴。

芥菜叶片粗大，从整棵菜剥离，菜梗很快就长出新叶，循环采摘食用。硕大的芥菜叶，两片就可炒一大盘。种上十几棵的芥菜，青菜足够过冬，吃不完可腌成酸菜，是村民储存菜类食物最常见的方法。

在江西常见白菜、芥菜、雪里蕻腌制成酸菜，在福州大多选择芥菜腌制。芥菜容易成活，生长环境适宜，产量又高，制作工艺简单，采集好的菜叶片晒干，去除水分，切成小段，用盐揉捏出水，装入瓶罐密封口(闽西北地区的村民用矿泉水瓶装储，塞满瓶子，不容易漏气，一次开瓶吃完)，腌制酸菜不能漏气，接触空气就容易变质，不能食用。冬天腌制的芥菜，可吃到来年春天的新菜上市。

山里人的生活方式，都是有绝活维持生计。

壹·进入春季，芥菜就开始抽心、开花

贰·霜冻期，芥菜不惧严寒，生长旺盛

壹

贰

# 南瓜、冬瓜

壹·春天播种，秋季收成

贰·淡黄色的喇叭花结出嫩绿的南瓜

叁·一处农家院，一堆农家菜

东南西北瓜，在山上只种过三种，容易种植的还是南瓜。冬瓜年景时好时坏，大多种得不像样，有损冬瓜品相。再说此瓜体量太大，小户人家也消受不起，其他食物都不吃，一日内未必能吃完一个大冬瓜。

西瓜难伺候，管理、栽种技术含量较高，对地理环境等因素有要求，高山地不适合栽种。我试过一次，从育苗开始到下种，前期做得还算到位，一忙起来，半个月没上山，草长得比瓜好。城里卖的西瓜个大沙甜，我种的西瓜，据说长出几个与柚子般大小，还被村民摘走，临走留了两个放在家门口让我尝鲜，不枉我一番辛苦，让我哭笑不得，从此再也没种过此瓜。村里也没见人种植，好吃的东西没人种，一定有原因，山高气温偏低，可能与气候有关。

也有叫北瓜的，名为笋瓜，是葫芦科南瓜属的植物，我没栽种过。

南瓜，应该是长在南方的瓜，其实不然。此瓜原产于墨西哥到中美洲一带，现在世界各地都广泛地种植，它已经适应了南方生长环境。

南瓜三四月份育好苗，挖上几个坑，放些底肥，平时也不用太多管理，适当施肥，夏天日晒注意浇水，就会疯长。藤长几米就会开花，但不一定结果，花开有雌雄之分。就是结果也未必能成果。看似随意生长，还要看年份。好年就会大丰收，小年种上一大片，也就结上几个小瓜，一年白忙活。

南瓜看似简单，也有些技术含量。比如，施肥还要适当，肥料太多，瓜藤长得绿油油一片，但不结果。有一年搞了几袋有机肥，从瓜苗开始就垫在底下，等到苗根吃到了底肥，就开始疯狂生长，满地爬满了瓜藤，瓜叶又大又绿，一看就是营养过剩，只见藤长，不见瓜。隔壁的老李家，平时管理少，瓜苗长得不像样，也结了几个不像样的南瓜，总比没有好。施肥少了，叶子根藤枯黄，营养不足，结果个小，皮薄肉少，没品相。

过去南瓜、地瓜是补充粮食不足的替代品，充饥用的粮食。“红米饭、南瓜汤”的歌谣，上了年纪都能哼上几句。吃忆苦思甜饭，吃南瓜也是教育材料之一。

如今吃它是怀旧，是时尚，是科学营养搭配的佳肴。流行语说，多吃青菜，少吃红肉，吃南瓜成了比吃肉还好的食品。对我来说，尝尝可以，多吃无味。食肉动物永远强过吃草动物。

一个大南瓜有几十斤重，过个冬天不吃就坏，又扔回菜地当肥。没有十几个人的大家庭一顿也吃不完，一旦切开，放几天都会坏。我喜欢选择吃嫩南瓜，水分高，糖分低，瓜小一餐可吃掉。老南瓜糖分和淀粉含量高，吃多了对血糖高的人不利。

种的南瓜大多送人，自己吃得少，南瓜大，礼重，有机肥种植，没打农药，不放化肥，原生态食品，面子足。

# 佛手瓜

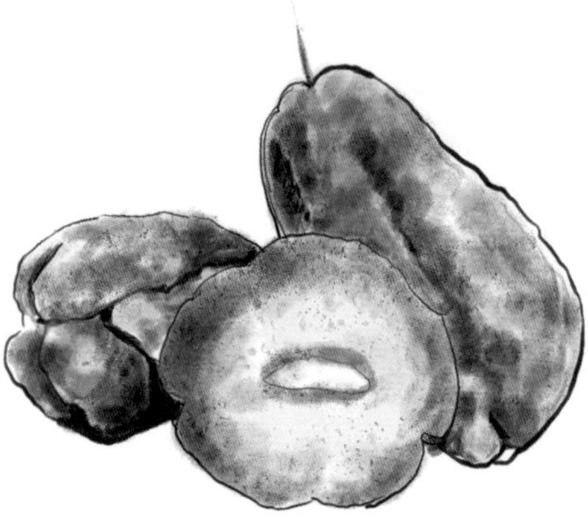

佛手瓜是一种葫芦科佛手瓜属植物，外来物种。目前成了人们生活中常见的食材，既可做菜，还可以当水果生吃。容易种植，先搭个棚，挖个坑，放些底肥，种下一棵小苗，它就四处疯长，繁殖力和攀爬极强。叶蔓茂密，相互遮阴，延伸的藤条裂变式地冒出无数的新枝，藤须四处寻找抓手，一旦触碰到坚实的枝条就会快速地绑缚、缠绕，像铁丝般牢固。

前期搭建的瓜棚，十几平方米面积，早就不够它扩张的野心。周边的竹林、芭蕉树等都成了它强占的目标，为藤条扩张提供了广阔的空间。四处延伸枝藤结出的果又高又远，一根长竹竿还够不着，空中摘取成了高难动作，只能看见它自然脱落到杂草堆里，供其他的物种食用，部分果生老病死顺其自然。

夏秋交接时，佛手瓜渐渐长出了模样，成熟的瓜相似佛手，吊满了树枝，粗算一下，一棵佛手瓜能结出250～300个成果，不费太多人工成本，轻轻松松、硕果累累。

佛手瓜拿在手里更像颗手雷，长得结实，外形凹凸不平防止滑落，皮色淡绿，切开肉白，汁多粘手，炒熟后吃着带甜，说不上有多好吃，收获的感觉比吃要好。吃得少，送得多，分享更快乐。

从开花结果，两个星期左右就达到成熟期

壹·为佛手瓜搭建的棚架

贰·立春刚过，佛手瓜就迫不及待地从杂草中露出新芽

叁·周围的竹子、芭蕉树叶都成了它生长挂果的支架

肆·收获满满，生长旺季，每个星期都能收获一篮子的佛手瓜

# 四季变脸的爬山虎

植物加了“虎”字，有点凶猛。外形看，绿色成荫，遮阳护墙，温柔有加。当绿叶脱落，露出根系时，显露的是另一番景象，粗细不一，爬行路径分布有些凶险。几个细嫩枝，落地生根，见缝插针，由小变大，由细变粗，生猛得很，植物中称“虎”字，当之无愧。

山里房屋，是将一座山挖开，腾出一块空地建造而成的。一个绿色的山头，费了半个多月的时间，平整出一块两亩地，可建两幢屋。一座绿色的山头，变成了一处极不融洽的黄土地，如同人得了“鬼剃头”的病。

孤零零的一幢房屋，周围没有一棵大树能遮阳，屋子在一天的曝晒中，水泥钢筋累积了一天的热量，一时半会无法在短时间内散去，大量的热气在室内慢慢地溢出，将室内温度提高，躺在床上身上还微微地冒着细汗，到下半夜才能慢慢地降下温度。山上装空调，似乎说不过去，但在最热的天气时，不装空调对睡眠影响很大。睡得好坏，比吃喝还重要，影响到精气神。鞋子合不合适，脚知道。房子的好坏，自己住了才知道。夏日炎热，房屋曝晒，散热慢，是重要的缺陷。

2002年初，从南平的316国道回福州的路上，靠山坡的路边，栽了很多的爬山虎，又称爬墙虎。

还有叫地锦、飞天蜈蚣、假葡萄藤、红丝草、石血等五花八门的称呼，有较强的护坡作用。松散的泥土及碎石，遇上狂风暴雨，盘根错节的爬山虎起到重要的防护作用。我顺手采了几棵带回山里，让它在水泥屋面铺上一道绿色的保护层，起到遮阳挡雨的作用。在屋檐下的花池里，顺着墙脚，埋进藤的根部，虽然泥土不多，还有杂石，前面的凉台挡住了雨水，生长条件恶劣，是死是活看它的造化了。

西方许多电影，枪杀、恐怖、古老的城堡内阴森森，外墙爬满了爬山虎，寒气逼人，平静温情的绿色深藏危机。爬藤布满房屋外观，看不见整体的建筑模样。冬季叶子凋零，露出了粗细大小的根系，一幢幢房屋显露出原有的结构，岁月年轮，斗转星移，有着天地沧桑的心境。从远处看，只见大门与窄小的窗户，与外界相通。春夏季绿色铺满了整个屋面，暖色的阳光与阴暗屋内对比，金黄色的高大枫树，与绿色屋子形成色彩对比，爬山虎给我留下了深刻印象，宁静的绿色与恐怖共存，爬山虎深藏着凶险。

爬山虎不负众望，每年以三十至五十平方米的速度增长，两年下来，墙面朝阳方向的覆盖基本完成，正朝着左右两侧迂回，向着周围墙面延伸。整个房屋渐渐染成绿色，与山林浑然一体。夏日炎炎烈日，避免了阳光对着墙体的直射，屋内也不会那么热气逼人。中午屋内的过道，门与门之间的穿堂风带着清凉，摆上一张躺椅，就能清凉地安然入睡。

夜晚凉风习习，山林中带着露水，滋养着爬山虎，生命顽强。多了一层绿色保护层，少了太阳光的直射，墙体也不会储蓄更多的热量，散热的速度也快了许多，室内室外温度相差不大。

传说爬山虎破坏墙体，它的每根延伸的细藤都会长出一个吸盘，每个小圆点有五六个贴在墙面，黏度非常的高，如同高强度的胶水，一般都不容易脱落。遇上强台风，狂风暴雨也没有撼动吸盘的黏合，与墙面紧紧地贴在一起。

那年的夏季，老爷子听山民说，爬山虎中会有蛇顺着藤根爬进屋，当下就拿着工具将大部分的藤根进行了清除，还好年纪大，没能一口气全部清除，墙面上还留下部分残余，等我上山发现，已经面目全非，十几年积蓄，毁于一旦。气得自己骂自己，但还是强装笑脸，忍着怒气劝说爬山虎的功效与意义，留下的不能再动了，老爷子也发现我的怨气，没有下次的行动，爬山虎留住了根，等待来年再生。

从墙上扯下的藤根，未发现墙体有损坏，粉黄色的墙面有几处露出少量的白点，大多都保存完好，更不可能渗透到墙体内部。可以证明爬山虎对墙体不会造成实质的伤害。

爬满了墙体的爬山虎并非都好，也有不尽人意处。每年的春夏季，躲在叶后的蛾卵变成幼虫，大量的毛毛虫突然爆发，新发芽的嫩枝遭受毁灭性打击，直接影响到发展速度。有时窗门忘记关闭，爬山虎也会乘虚而入，进入室内探个究竟，毛毛虫也顺着细根潜入室内，吃完嫩叶，留下一粒粒的黑粪便，开始了由虫变蛹，化羽成蛾，完成一生的轮回。

我从小就厌恶毛毛虫，被它刺后会瞬间红肿，疼痛难忍。当然并非每个毛毛虫都会有这种毒素，但在我的脑海里，所有带毛会爬行的毛毛虫都有毒刺。这是无法忍受的一种害虫，只能用除虫剂进行喷洒，几分钟后，毛毛虫就纷纷落地，不断地扭动着身躯，剧烈地翻滚身体，等到无力转动时，便悄然死去。强者生存法则，演绎得完美透彻。

我告诉老爷子，经常在墙上打农药，可防止蛇爬进屋内。如此办法，消除了他的恐惧，解除了我的心头之恨，爬山虎又得以保护，皆大欢喜。

此物种最大的好处是不费时间管理，适应性强，耐寒，耐旱，对土壤好坏没要求，给点阳光就灿烂的那种，顽强的生命力让人敬佩。叶尖一顺儿朝下，从下往上看，层层叠叠，铺设均匀，不留一点空隙，一阵风吹过，一墙的叶子就漾起波纹，好看得很。

种植的时间长了，密集的绿叶覆盖着外墙，就像穿上了绿装。春天，爬山虎长得郁郁葱葱绿得鲜艳透彻。夏天，开黄绿色小花，吸引着大量的蜜蜂采蜜，嗡嗡的叫声，像是催眠曲。秋天，爬山虎少量的叶子变成橙红色，山里难得不多见的暖色调，使得建筑物的色彩富于变幻。冬天，脱去绿衣的爬山虎露出粗细不一的根系，更有历尽沧桑屋已旧，饱经风霜意更浓的味道。

新的一年来临，一股冷空气过来，山里气温降至零度之下，爬山虎剩余的几片橙红色叶子，也离开了墙面，留下干枯深褐色的藤条，粗细均匀的搭配，一道道黑褐色条纹，血管般藤根牢牢地镶嵌在奶黄色的墙上，像是除去了皮肉，暴露无遗的人体内毛细血管，外表看似枯萎，管内活跃着生命的液体，不畏严寒，浩气凛然。

春暖花开时，又是一个生命的轮回。

壹

贰

叁

肆

壹·春色，从窗前登场

贰·春天，嫩绿淡红的枝叶，纷纷从枯藤中冒出

叁·每片叶子，都努力装扮自己的角色

肆·夏日，屋面上铺满了柔软的绿毯

伍·爬山虎从红色嫩芽开始，逐渐向深绿色转变，维持夏季成熟期

陆·秋天，墙面由绿转红，向冬季延伸

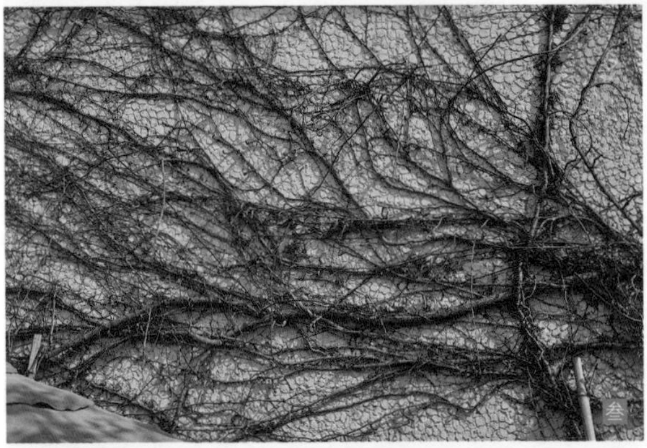


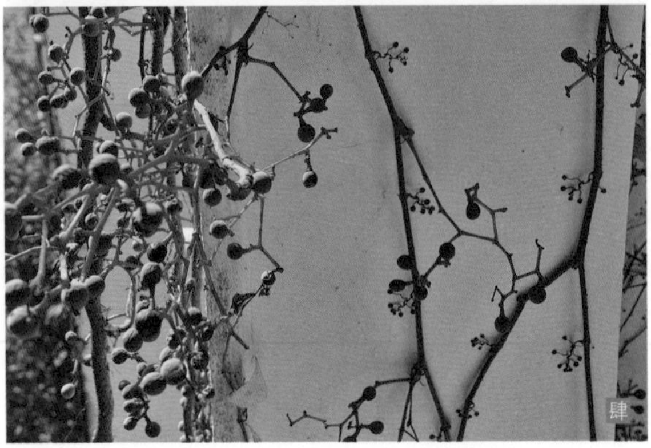


壹．深秋，由绿转红，四季两色的演变

贰．秋末，留下几片眷恋的红叶

叁．当绿叶离去，藤条显露，无数只触角，见缝插针，牢牢地盘吸在墙面上

肆．冬季，细条的血管结出丰硕的果实

# 屋檐下的马蜂窝

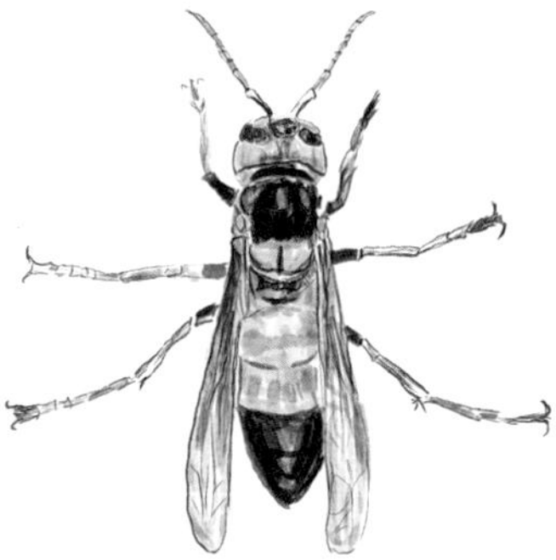

不知何时，屋檐下出现了一个马蜂窝，等引起关注，已经是初夏季节，有半个篮球大小。早秋时节，完成了整体蜂巢建造，椭圆状，外形像是孙悟空的脸谱，整个造型如同猪嘴状。看这个建造速度，估计是开年就动工营造。

资料显示，这叫金环胡蜂，属胡蜂科。此蜂毒性很强，是攻击极强的危险蜂类。身体黑色、褐色、黄色，头部及尾部黑色与黄色隔层绕圈，黄色在阳光下特别亮眼，金子发光一般，因此而得名吧。民间有许多俗称：虎头蜂、葫芦蜂、人头蜂、马蜂等。我习惯叫它马蜂，会蜇人的。

从小就接触过马蜂，捅马蜂窝是儿时的游戏，惊险、刺激。过去生态好，蜂窝也多，看见奇形怪状吊在树上或屋檐下，就会想办法给捅下来，以显示自己的勇气。一个好斗的男人基因，从远古时期，有人类出现开始就存在，要不面对地球各种凶猛的动物，没有强大的好斗勇气，不可能有人类的今天。

要拆掉一处蜂窝，需要足够的胆识，斗智斗勇，还要有“明知山有虎，偏向虎山行”的英勇无畏的精神。很多跳伞、汽车高空飞越、徒手攀岩等危险项目，都是拿生命来炫耀的游戏，似乎越是惊险就越刺激，那些不敢亲身体验的围观者，情绪高涨，喝彩助威，让冒险者更有死得其所的伟大。西方人也一样，罗马角斗士，西班牙的斗牛，每年都有人死伤，有相当多的崇拜者为其疯狂。死亡游戏，最能将人体特异基因激发得淋漓尽致。

那时捅马蜂窝，并没有任何的防护措施，找一根够长竹竿，悄悄地接近，捅下蜂窝就跑，也有用石头砸，弹弓射。大的蜂巢，一旦触怒了它们，就会群起而攻之，躲藏不及时，被追来的蜂蜇上，不到一分钟就会满脸起包，肿得像个猪头，睁不开眼睛，严重的会有生命危险。年纪大些的人，大多都有这种经历，好了伤痛又会去冒险，但不会总是倒霉，疼痛都是教训，被蜇的概率会越来越小，但更激发挑战的意志，越战越勇。

那个年代，没啥玩的，自找乐子。捅马蜂窝，能玩出彩的项目之一，虽然不至于死，蜂蜇得疼痛，印象深刻，但够惊险刺激。至今想起来，还怀念那时勇敢的冒险精神。如今没了那种冲动，不会想着那种危险的游戏来活跃神经，变态的基因慢慢安静下来，看见蜂窝都绕着走，避而远之。

天气炎热，众多马蜂拥在巢穴洞口，也不知道忙啥。看着一天天变大的蜂巢，高高地吊在屋檐下，也不知道用什么材料建造，看似从嘴中吐出分泌物，还是从别的地方取回的黏稠剂。多时有十几只在上面趴着，看得人头皮发麻，身上起鸡皮疙瘩。

蜂窝距离水池高五米左右，不时还会掉下几只到地上，挣扎一会就地死去，无声无息，也没见其他蜂友过来救援或送葬什么的。我猜想，可能是犯过错的，被清除出群体的异类分子，或是自然死亡的现象。

蜂窝越做越大，进出只有一个口，同时进出两只蜂，中间大，两头小，褐色体带白花纹，蜂窝制造工艺堪称精湛完美。但我还是深感不适，色彩搭配感官难以接受，可能有被蜇的缘故，就像儿时被电触过，到现在都怕电，看到能摆弄电的师傅，都由衷地佩服。

动物与人类相伴，是件可怕的选择。只有人类选择动物的权利，没有动物选择人的道理。金环胡蜂如此大张旗鼓，不打招呼，就安营扎寨我的屋檐下，真是胆大妄为，忍无可忍。有几种可能，其一，有宣示主权的意味。在大山里，有先来后到的顺序，是人先侵占了它们的地盘，在屋顶上搭个窝也不算个啥，或者也许它们打过招呼，是我们听不懂蜂语。其二，蜂多示众，没人敢惹。马蜂攻击人的事故很多，常听见被马蜂蜇伤的案例，人们不敢轻易地去招惹它。还有往好的想，马蜂觉得与人共处天经地义，靠着人居住的地方，其他天敌不敢靠近，也安全得多。一年来，都还相安无事。

但在人类生存的环境中，只要有危险物存在，都会引起人的高度警觉，驱赶或者消灭，免得后患无穷。你可能不会去伤害它们，但不能保证其他原因伤害它们的事情发生，双方没有沟通的渠道、对话的言语，同在屋檐下的人难免受其害。我对马蜂没啥好感，从小就与它为敌，也深受伤害，至今记忆犹新，清除只是早晚的事。

夏季是马蜂最活跃的时间，不能轻举妄动。进入11月中旬，天气渐渐变冷，蜂巢的马蜂明显减少了活动次数与数量。太阳出来几个小时，周围的气温也慢慢地回升，才看见几只进出，金环马蜂也进入了冬眠期。

时间悄然地跨进了2020年，刚过了元旦，中国人的过大年即将来临。以往都要到2月份才过年，今年是提前到1月，感觉还是在秋季，过了大寒就进入春天，最低气温还在十度上下徘徊，整个冬天一笔抹去，丝毫没给福州人留点真正的冬意。

临近春节，山里居住的人都下了山，到城里过年，城市比山里暖和热闹。邻居大多房屋都空了下来，冷冷清清，这是端掉蜂窝的最佳时机，以免伤及无辜。择机动手，如何端窝，正当一筹莫展，晚上参加了一个“丛林野趣”的虫友会，认识了冰清器材店的王冰，专门销售与昆虫有关的器材老板。王冰人很热情，是超级昆虫爱好者，热衷野外活动，只要我不知道的昆虫，他都能说出一二，水平达到什么程度，我不知道，但是比我强，只有由衷地佩服。听了我的一番描述，他一口承诺由他上山实施端蜂窝的行动。

说起端蜂窝，旁人听完早已吓得六神无主，不知所措，王老板主动帮忙，自然感激不尽。

第二天，按计划到山上，王冰看了一下屋檐的蜂窝，提出好几个方案，金环马蜂窝的出入洞口很小，两只蜂进出估计都要侧身才能通过，找一块胶带，上去将洞口封死即可，然后慢慢剪断枝条，取下蜂窝。他说没带手套，我家有棉纱手套他说不行，要那种蜂刺无法扎进的胶式手套，昨天说好，他所有工具都有，居然最起码的防护工具都没带，我开始怀疑他是否有这方面的能力。就算靠近蜂窝，堵住蜂窝口，万一外面马蜂突然回巢，一旦被惊动，引起里面的马蜂倾巢出动，后果将不堪设想。

第二种方案是在竹竿上缠上一团麻布，浇上油点燃蜂窝，蜂与窝同归于尽。此方案估计也行，蜂巢干燥，加上今年雨水稀少，一次性烧着应该可以，但我需要一个完整的蜂巢，留下做个标本，更想看看蜂巢的内部结构，好奇之下否决此方案。

第三种方法，搭个楼梯，到隔壁屋的凉台上，离蜂窝约四米的距离，将网套住蜂巢，直接拉断细小的爬藤，蜂窝掉入网袋。这是兼顾各种需求最佳的方案。

王冰搭着多功能梯子爬上了对面凉台，头戴着“防虫罩”帽，将多节拉杆慢慢靠近了蜂窝处，可手没有防护，让我捏了一把冷汗，我没敢提示，也许他认为不是人体重要的部位。我在蜂窝下面，远距离观看，没有任命的防护措施，万一失手，我想好了逃离的方向。

50厘米直径大小的网罩，将整个蜂

巢套在了网兜里。王冰开始了向外使劲拽拉，连续几次，都没有将藤条与蜂窝分离，细小的藤条，非常的结实牢固，就是十级台风也无法将藤条吹断，这就是马蜂为什么选在爬山虎建窝的道理。来回折腾几次，王冰还是没有拉断藤条，但说了一句：“是空巢。”我没理解啥意思，还在高度的紧张之中，过会又来了句：“里面没有马蜂了。”果然没见有蜂出来。蜂巢终于被扯断，一个篮球大的蜂穴落入了网里，我快速地过去，接过王冰递给的网杆。折腾了半天，纠结了大半年心病，就如此轻松拉下了帷幕，身体的虚汗还没干，高度紧张的神经还没松弛下来，一场谋划已久的战斗宣告结束。

盯着网中的蜂窝，百思不得其解。上个月初还看见马蜂进出，怎么就空了，我还是怀疑是不是都变成了蜂蛹，还在巢里？王冰的解释：“蜂窝很轻，不会有蜂在，马蜂在发现不安全或受到其他物种的侵入，就会弃巢，蜂王离开，其他的蜂都会随之而去的。”

就算是没蜂，眼下也不敢轻举妄动，网罩的蜂巢放到高层的书房里，期待年后解剖看个明白，外面的形态和色块有些怪异，没有丝毫美感，蜂窝内结构奥秘是否会有惊喜。

由于新冠疫情的原因，城市封城，乡里封路，山居路不通。大半年过去，山村得以解封，由春入夏了。丢在屋里的蜂巢若有蜂也该化蛹为蜂了，急忙上山查看，网里没看见有蜂进出的迹象，应该是一个空巢。今天就开膛破肚看个究竟，纠结一年多的马蜂巢内到底有啥秘密。

从网罩里小心翼翼地将蜂窝取出，端在手中不足二两重，轻飘飘的，像是用宣纸建造的空屋，轻轻触碰就凹进去，更像是霉烂的纸屑。仔细打量才发现几根爬山虎细藤还牢牢地缠在蜂窝的内部，起到坚实的稳固作用，像似水泥与钢筋的结合。难怪风吹雨打，刮台风也没有落地。

爬山虎干枯的藤条坚固得如同细铁丝，小刀切不断，用剪刀只开了外层，内部无法深入，就找到一把60厘米长的长条刀，将整体一分为二，内部构造暴露无遗。大小五层设计，层层搭建，外部一层保护壳，有五层通道走廊，是众蜂各自回家的路径。每层的建造设计完美，工艺精湛，奇妙无比。壳的花纹里外相同，大小不等的深褐色与白色相间，屋内塔层的材料会更细腻，色彩也会淡些。每种颜色似乎是路线标志，材料轻薄而坚固。有资料显示：蜂巢是工蜂用自身的蜡腺分泌的蜂蜡修筑成的。但我不明白的是，蜡腺会分泌色彩吗？我需要一个更合理的解释。

马蜂费了这么大的力气建造的窝，为何会遗弃，让人费解。从屋檐下的周围环境看，最近不到一米有台空调，是没建巢之前先有的，应该不是理由。五六米之外是烧柴的烟囱，如果顺风会不会吹到窝里，机会很少。蜂巢的下面是个水池，人员的惊扰，应该影响不大。还有就是自然灾害，影响较大的是一年几次的台风袭击，碰上正面登陆，整个蜂巢会剧烈地摇晃，像一个气球来回飘荡。最大的可能是蚂蚁的侵袭，里面的蜂蜜也是蚂蚁的喜爱，山中形形色色的蚂蚁种群绝对不会放过这种种美食。蜂巢一旦受到攻击，马蜂的毒素也无法对蚂蚁构成致命伤害，马蜂只能退出家园，确保家族的安全。万物一物降一物，自然法则并不完全以大小定输赢。

还有其他的物种侵袭就不得而知了。巢内还有十几只干枯的马蜂尸体，估计是无法撤退的老弱病残者，与蜂巢共存亡。

蜂巢放在书房，成了展示品。金环马蜂带领着家族成员到另一处繁衍生息。

金环胡蜂换新房、住新屋、安新家，山居去凶险、化危机、得安宁。做不成邻里，各自相安无事就好。

壹－贰·金环马蜂

壹·外形酷似孙悟空的脸谱，造型如同猪嘴

贰·蜂窝只够两只蜂同时进出

叁·最终的方法，从隔壁房屋的右侧凉台上，清除了金环马蜂的巢穴

肆·围绕爬山虎建造的藤条，干枯后还是坚硬牢固

伍·硕大的蜂巢又轻又薄，开膛破肚，暴露无遗

陆·部分还在巢里，无法破茧成蜂

柒·残留在空巢里的马蜂干尸

伍

陆

柒

眼望窗外都是景

# 后记

二十世纪末，突发奇想地要到山上去建一幢房子，远离喧嚣城市，找个宁静处，能安定心灵，心安就少了许多浮躁。经过多方寻找，在离城市中心三十公里左右山里，找到一处理想的居地，村名叫江南竹村，一个富有诗意的村子，以竹多而得名。

选定的位置，离村子还有些距离，重新挖山开路，占山为王，也不用与山里的邻居打招呼，高调进住，没任何理由，迫使植物让路，动物挪窝。在这个地球上，没有比人更霸道的高级动物。

江南竹村海拔在五百米左右，气温比城里要低三五度，要比以火炉著称的福州凉爽许多。夏日最热的天气，没有空调也能入睡。空气清新，是个天然的氧吧。

一户人家的存在，并不只是一幢房屋那么简单，种菜、种果树的面积扩大，挤占着动物的生存空间。加上在房屋的下坡处，种了十几亩的果树，桃子、李子、枇杷等十几个品种。以桃为主，每年能收获几百斤，其中三分一是被我家邻里——鸟和昆虫吃，而且都是挑好的吃，如果不熟，鸟会迫不及待地在果子某个部位啄上几口，过不了几天，周围就会发红，提前熟透，供它们享用。

被鸟与昆虫吃过的果子很甜，算是“春江水暖鸭先知”吧。没了品相的果子，送人送不出手，大多自己享用，实在吃不完，做成桃干（最后还是丢弃）。好点的送下山给亲戚朋友同事吃。那个年代，辛辛苦苦种出的果子被这些昆虫、鸟来糟蹋，恨得牙痒痒，认定都是害虫，想尽办法要灭它们。

山上种的桃子，甜得自然，脆得真实，能体会到自然生长果实的原汁原味。吃过后，来年有桃的季节还惦记着香甜的滋味。如今市场品相好，养眼的水果大多经过农药的洗礼和化肥的滋润，是人按照自己的需求培育出来的品种，昆虫和鸟都望“果”生畏，人吃下去不知道会有多大的伤害。我没有科学的依据，但如今的病情，有许多怪异，华佗再世，也难医治。

山上种过几年水果，经历过水果生长的过程，不打农药的水果能长出好模样的不多，自然生长的水果少不了与动物分享。这块土地原先就不属人类的地盘，人类为满足一己私利，侵占了它们的领地，动物们吃点算得上天经地义，无可厚非。

曾经试过多种捕捉动物技法。放过铁夹子，为拱吃菜园的野猪准备的，由于担心伤人，又被放弃。做过细小的尼龙绳圈套，专门对付山鸡，只要踩到圈套中，就难逃厄运，但没成功过。买过捕鸟的网，细小尼龙网格状编织，宽两米左右，长二三十米，两头用竹竿固定，夜晚出来觅食的鸟，都将落入网中，一旦挣扎，会越缠越紧，难以脱身。被网过的鸟类有红嘴蓝鹊、白头鹎、山雀、柳莺、树莺，抓到过一只凤头鹰，还被它锋利尖爪子扎进了中指，很长时间才慢慢恢复，最后留下永久的伤疤。

2020年（鼠年），一个不平凡的年，自然灾难一个接一个地降临到地球。印度的蝗灾，澳大利亚丛林大火，菲律宾火山爆发，美国地震，中国洪水，南极冰川融化，新型冠状病毒在全世界上空游荡，伺机夺走生命。

这个年，注定是个不祥之年。人类在地球至高无上，创造了许多足够毁灭自然界一切的生化武器、核武器，但面临新型冠状病毒束手无策，来无影，去无踪，看不见，摸不着，病毒向全人类发起攻击，上百万人付出了生命，病毒的攻击还在延续，人类发明的武器却找不到敌人在哪，研制的疫苗跟不上病毒的变异，一场没有硝烟的战争还在进行中，人类面临前所未有的生存挑战。

战胜了新型冠状病毒，还会有亚冠、季冠出现。人类要从这场疫情中得到反思，保护生态环境，爱护动物，敬畏自然，学会与自然界和平相处。

我并非动物、植物的研究专家，只是对我周围邻里的好奇，从人类的角度思维，用肤浅的认识与理解，以及多年来观察、启迪与思考，集结成册。希望有更多的人关注、关心、爱护身边的动物朋友。

我庆幸生态出版，给了我认识动物、植物的机会，感谢长期研究付出辛勤劳动的专家、学者及爱好者朋友的指教、支持与帮助，使我懂得爱护动物、植物就是爱护人类自己的道理。

天地与我同根，万物与我一体。

薄纱般的晨雾，在山间流动，变幻无穷，宛如仙境